AF284004

Carl R. Wolff

Beginn

der Traurigkeit

Krimi- Thriller

Lektorat: Carl R. Wolff
Satz: Carl R. Wolff
Umschlaggestaltung: Carl R. Wolff
Grafiken und Titelbild: Carl R. Wolff
Kontakt: carlrwolff@t-online.de
Herstellung und Verlag:
BoD- Books on Demand, Norderstedt

9 783837 006674

Teil II
Die Geschichte geht weiter

Der Weltenherrscher strahlt im tausendjährigem Schein, kalt verbranntes Leben, gebar Schmerz und Pein...

Von des Himmels Tränen gewaschene Welt, unsichtbare Macht, die die Dunkelheit erhellt.

Im endlosen Universum geboren, zum Kreator des Lebens erkoren, doch war nicht die Menschheit längst verloren?

Feuerringe frassen Leben, dunkelroter Aderlass,
ein ewig wutgetränkter Seelenhass...

Sechzehn hieß des Schicksals Zahl.
Auserwählte ohne Wahl.

Und fern des Lichts im Kampf der Welten...
kein kreischend tosend Freudgeheul.

Trohne in Trümmern, ein Feuer entfacht.
Die dunkle Einheit erstickt an Gier und Macht.

Das Zeitentor verschloss den Feuertanz...

und das Grauen starb im Morgenglanz.

Prolog:

Die metallene Stimme der hölzernen Wanduhr schlug exakt vier Mal, zerriss dabei die bleierne Ruhe wie ein dünnes Blatt Papier. Der letzte Schlag verhallte, stumm eroberte sich die Stille ihre ungeteilte Aufmerksamkeit zurück.

Goldfarbene Glitzerstreifen durchzogen das anmutig jungfräulich schneeweiße Wanddekor und funkelten im hellen Mondlicht. Letzte Wolkenfetzen zogen sich zurück und präsentierten einen wundervollen Sternenhimmel. So friedlich... so erhaben, als wachten die Götter persönlich über diesen wundervollen Moment...

Der grausame Sturm war längst vorüber.

Der alte bequem gepolsterte Schaukelstuhl stand am geöffneten Fenster, seinem vertrauten Lieblingsplatz und lauschte dem rauschen des Meeres. Immer noch einsam und allein wippte er im Takt der Zeit, geölte Buche knarzte auf matt schimmerndem Eichenparkett, verlor dabei langsam an Kraft und stand bald regungslos da.

Des Erdtrabanten bleiches Licht ergoss sich über die scheinbar schlafende, nackte Gestalt darauf, sie rührte sich nicht.

Weit aufgerissene Augen starrten flehenden Blickes zur bleichen Nachtsonne empor, bettelten um Gnade.

Der offene Mund mit den gespenstisch blass-bläulich schimmernden Lippen, schrie jammernd und weinerlich stumm um Hilfe.

Jedoch... jede rettende Hand würde längst zu spät kommen.

XXX

Das Blumenarrangement auf dem Frühstückstisch verhinderte eine visuelle Kommunikation bereits im Ansatz und Christian Albrecht platzierte das überdimensionierte florale Gebinde kurzerhand auf den unbesetzten Nachbartisch neben ihnen. Sie waren allein im Frühstücksraum, nur hin und wieder erschien wie aus dem Nichts eine Servicekraft und sah kurz nach ob etwas fehlte.

>Jetzt bin ich in der Lage dich endlich anzusehen... ein hübsches Gesicht am warmen Morgen, die aufgehende Sonne, was gibt es schöneres...< sprach Chris und lächelte seine Kommissarin erheiternd an.

>Genau, sag Hallo zu meinen Augenringen... und sagte man nicht, lasst Blumen sprechen?< antwortete Bettina Witte mit vollem Mund und schluckte den Brötchenbrei mit einem Schluck Kaffee hinunter.

>Und mit vollem Mund spricht man nicht, auch eine Binsenweisheit.< witzelte Chris oberlehrerhaft.

>Na prima, dass wir das geklärt haben... sag mal, hast du gut geschlafen? Warum hast du mich so früh geweckt?< fragte Bettina sanft, fuhr sich mit der rechten Hand durch das Haar.

>Alte Gewohnheit meine liebste Kommissarin, alte Gewohnheit, und geschlafen habe ich ausgezeichnet.

Ich musste raus aus den weißen Laken, konnte einfach nicht mehr liegen.

Die Narbe quälte mich auch, spannt, zwickt, wollte wohl gesalbt werden...< Chris lehnte sich zurück, legte die Hände hinter den Kopf, die Morgensonne schien ihm direkt ins Gesicht und er schloss genießend die Augen.

Es schmatzte als Bettina sich die mit Erdbeermarmelade beschmierten Finger ableckte.

>Das ist schön für Dich... ich habe Albträume, kann mich leider nur teilweise daran erinnern... sie halten mich wach, habe schon beinahe Angst einzuschlafen...< sie seufzte ausgiebig.

>Ich kann dich verstehen... vielleicht solltest du den Alkohol weg lassen, dass habe ich dir auch schon Tausend Mal gesagt.< erwiderte Chris ohne die Augen zu öffnen.

>Das Zeugs hält mich im Moment am Leben... lässt mich vergessen, auch wenn es nur nur für einen Augenblick lang ist... bei dir sind es die Schmerzmittel, das Eine oder das Andere, jeder hat sein Betäubungsmittel, dass solltest du am besten wissen. Außerdem bist du nicht meine Mutter...< kommentierte sie frech.

Chris beugte sich vor, die Silberkette mit der stark deformierten Kugel daran, die aus seinem Bauch geholt wurde, kam zum Vorschein.

>Das Stückchen Blei hier, hat mir sämtliche Eingeweide zerrissen und es schmerzt immer noch. Ständig und immer wieder spüre ich wie das heiße Stück Metall in mich fährt... ich weiß was es heißt zu leiden.

Aber Alkohol macht es nicht besser, lass es dir gesagt sein und du bist dir dessen auch bewusst...< flüsterte Chris heiser aber bestimmt.

>Ja, schon gut, nicht wieder das endlose Alkohol Thema. Ich bin drei mal sieben und weiß mich zu beherrschen. Wo wir schon bei Vorwürfen sind, du könntest gelegentlich mal zum Friseur gehen, für einen Zopf würde es ja schon reichen...< sie putzte sich mit der blütengelben Serviette den Mund ab, warf das Stück Papier auf den brötchenverkrümelten Teller.

>Sorry, war nicht so gemeint... und die Haare bleiben so... hat mir bisher Glück gebracht... seitdem ich „ihm" von der Sense gesprungen bin lass ich sie einfach wachsen...< er winkte ab.

Die rundlich gebaute Servicedame des Hotels schwebte herbei, füllte den Semmelkorb auf und brachte zwei weitere Kannen Kaffee zum Büfett.

Der Oberkommissar stand auf und wechselte den Kaffeebehälter ein weiteres Mal aus, er setzte sich wieder, schenkte nach und fing an zu lachen.

>Was ist?...< Bettina zog die Stirn in Falten.

>Lachst du über mich?<

>Nein, nein... ich musste gerade an etwas denken... kannst du dich an die nette Krankenschwester erinnern, die junge Frau mit den dunkelbraunen kurzen Haaren, sie dachte wirklich du wärst meine Mutter...< er lachte erneut laut auf.

>Hör mir bloß mit der Tante auf, ich deine Mutter, ist ja wohl nicht zu fassen... so eine Frechheit... < Bettina lachte mit ihm und die kleine Meinungsverschiedenheit Sekunden zuvor war schnell beigelegt.
>Ich habe es immer noch vor meinen Augen, in jeder Nacht sowieso. Meine Güte, die Wunde, die Naht, sie haben dich zusammengenäht wie ein Truthahn zu Weihnachten...< Die Kommissarin hielt die Luft an, wartete ein paar Sekunde bis sie weiter sprechen konnte.

>Du warst so lang im Koma, ich habe deine Hand gehalten... deine Stirn gekühlt, deine Lippen gewässert... ich hatte solche Angst um dich...< sie bedeckte ihre Augen mit den Händen und schluchzte.
>Hey Betty, dass habe ich nicht gewollt, keine bösen Erinnerungen, eigentlich wollte ich dich aufheitern. Es ist doch alles wieder gut. Wir leben, dass ist wichtig...< er langte über den Tisch, streichelte ihr weiches Haar. Sie fasste nach seiner Hand, spürte seine Wärme, berührte jeden Finger kurz mit ihren zarten Lippen. Keiner sprach für Sekunden ein Wort.

Chris ertappte sich beim starren auf ihre Brüste, Bettina trug bei der morgendlichen Wärme nur ein enges, blickdichtes Baumwollshirt, einen Büstenhalter erkannte er nicht, dafür zwei versteifte Brustwarzen die wagemutig gegen das Shirt drückten. Ein wahrlich erotischer Anblick.

Trotzdem, irgendwie war es nicht wie früher. Es löste nichts in ihm aus. Kein Verlangen weiter zu starren oder sich etwas anderes auszumalen... im Gegenteil, Scham stieg in ihm auf.

Ein unangenehmes Gefühl beschlich ihn, als säße seine eigene Schwester vor ihm, er sah erschreckt auf und blickte ihr in die Augen.

>Trockne deine Tränen süße Kommissarin, lass uns nicht mehr an den Mist denken. Es geht weiter, und die Jungs im Präsidium warten auf uns... und du überleg es dir noch mal...< flüsterte er, und beobachtete das geordnete Chaos was entstand, als er sich etwas Milch in den Kaffee goss.

>Meine Beurlaubung vom Dienst werde ich auskosten...< sie schnäuzte in das gelb gemusterte Papiertuch.

>Vielleicht bleibe ich, vielleicht schmeiß ich alles hin, oder auch nicht, dass entscheide ich wenn es soweit ist.<

>Tu das...< brummelte Chris.

>Meine Gründe kennst du, ich verstehe nicht warum du so weiter machen kannst. Ohne Unterstützung, wir waren auf uns gestellt, es hätte nicht passieren müssen. Jennifer Gerland, der gute Kommissario. Ok, es sind alle wieder halbwegs genesen, dennoch und da weiche ich keinen Millimeter von ab, uns fehlte die weitere Unterstützung und wem haben wir das zu verdanken? Den Mittelkürzungen.

Die Sparerei kostet Leben, auch Walter weilte noch unter uns, wäre sie zu zweit gefahren. Zum kotzen ist das doch...<
>Bettina, ich mache weiter, um genau diese Punkte die du angesprochen hast auszumerzen.
Keiner unserer Kollegen unserer Freunde, darf jemals wieder in so eine Situation kommen, dass bin ich ihnen schuldig, dass bin ich Walter schuldig. Ja, in Italien waren wir auf uns gestellt. Es ging alles so schnell. Dann Raphael, nie im Leben hätte ich glauben können das er auf uns schießt. Doch jetzt den Kopf in den Sand stecken, einfach weglaufen? Sich verstecken? Die Irre Mörderin rennt da draußen irgendwo rum... Vielleicht steckt sie noch in Italien oder hat es geschafft nach Deutschland ein zu reisen. Wer weiß das schon.<

>Das ist eben deine Meinung lieber Chris, ich kann nicht erwarten das du mich verstehst. Ich habe auf dein Verständnis gehofft, verlangen werde ich es nicht.<

Betty schüttelte den Kopf und sprach weiter.

>Die Kollegen habe ich nicht vergessen, nur können die Kameraden auf sich selbst aufpassen, uns stand auch niemand zur Seite. Und außerdem, ich habe mit Katharina Gerland noch ein Häschen zu häuten, so leicht kommt sie nicht davon. Das weißt du besser als jeder andere. Lass uns den Urlaub hier beendet haben, dann suche ich mir die Dame, ich werde sie finden, irgendwann... ob mit oder ohne Dienstmarke...<

Christian erkannte die Entschlossenheit in Bettinas Augen und es war für ihn nicht möglich sie umzustimmen. Die Kommissarin musste ihren Weg allein finden, er mochte sich nicht mehr Einmischen.

Der gemütlich eingerichtete Frühstückssaal des Hotels füllte sich langsam und die einhergehende Geräuschkulisse nahm stetig zu.

>OK, dann lass uns den Kaffee austrinken, danach werde ich mich dringend zur Toilette verabschieden und ab an den Strand die Sonne genießen. Wenn du magst reden wir später noch einmal, aber ich denke deine Meinung steht unerschütterlich fest, oder?< fragte er und zog eine Braue in die Höhe.

>So ist es... liebster Kommissar...<

XXX

Einfach wundervoll...

        dieses süße Nichtstun...

Diese grenzenlose Ferne...
Wundervolle Wolkenstrukturen, es schien als würden sie von innen heraus leuchten... dann wieder als Kontrast tief graue Dunsthaufen, die schwer und träge am Himmel vorüber zogen.

Die Augen nun fest geschlossen, um doch besser die Bilder zu sehen die in ihrem Hirn herumgeisterte, vor sich hinzudämmern, und zu träumen. Zu fühlen wie sich der Brustkorb bei jedem Atemzug hob und wieder senkte, sich die Lungen mit der salzigen, warmen Seeluft füllte.

Die harte, hölzerne Bank auf der Bettina saß, die spürte sie nicht, ein Gefühl des Schwebens, ja... irgendwie schwerelos...

Ein Traum den sie immer wieder träumte drängelte sich in den Vordergrund, der Vorspann lief bereits und der „Hauptfilm" konnte beginnen...

XXX

Der mannshohe Spiegel in dem sie blickte, schuf eine perfekte Kopie ihres makellosen, nackten und sehr gut gebauten Körpers. Ein weit entferntes helles Licht ließ nur ihre Erscheinung erstrahlen, der Raum an sich blieb im verborgenem. Sie fuhr sich immer wieder sanft mit beiden Händen durch ihr langes goldblondes Haar, ließ es zwischen ihren Finger gleiten und nickte zufrieden mit dem Kopf. Sie lächelte, ein paar kleine, zarte Fältchen an den Augen, aufregende Grübchen an den Mundwinkeln, dass machte ihr Gesicht nur noch Attraktiver wie sie fand.

Sie berauschte, erregte sich an den Anblick der schlanken weißen Gestalt vor ihr, ihrer seidigen Weichheit, dem aufsteigenden Duft ihrer Weiblichkeit, Licht und Schatten schufen Lustvolle Rundungen.

Ihr Zeigefinger glitt zitternd aus ihrem Augenwinkel über den Wangenknochen abwärts bis an ihr Kinn, weiter hinunter ihren Hals entlang, zwischen ihren Brüsten berührte den Bauchnabel und weiter abwärts... noch viel weiter abwärts...

Eine schattenhafte Bewegung in der Finsternis.

Aus dem dunkel des Raumes tauchten muskulöse, schwarz behaarte Arme auf und umschlangen ihre langen zarthäutigen Beine. Große, grobe, warme Hände umfassten ihre festen Waden, fuhren langsam tastend zu den Oberschenkel bis zur Hüfte hinauf, berührten den Rippenbogen, glitten weiter aufwärts und ruhten nun regungslos auf ihren weichen Brüsten.

Seidige Lippen berührten ihren Nacken, ihre Schultern, heißer Atem strich streichelnd über ihre Haut. Sie erschauderte und stöhnte wohlig. Eine muskelbepackte männliche Gestalt baute sich da hinter ihrem Rücken zu voller Größe auf, überragte sie dabei um über einen Kopf.

Doch dabei blieb es nicht.

Wie von unsichtbaren Fäden gezogen hoben sich ihre Arme weit und hoch über ihren Kopf, legten sich wie magnetisch geladen ihre Handballen aneinander, aus dem Nichts erschien eine gelblich-weiß leuchtende Kordel die sich um ihre Handgelenke wickelte und etwas zog an ihnen so das sich ihr Körper weiter straffte, sie dabei zwang sich auf ihren Zehenspitzen zu stellen und ihre Schenkel ein wenig zu öffnen...

Ihre Erregungskurve schoss weiter in die Höhe als Sie spürte, wie sich nun etwas heißes, hartes, fleischiges zwischen ihren Beinen zu schlängeln versuchte, sie so furchtbar sanft an ihrer intimsten Stelle berührte und dort pochend verweilte.

Eine glühende Woge heißer Lust ließ ihr Blut verdampfen und sie sehnte sich nach den nächsten Sekunden, weiter, weiter, nur nicht aufhören... bitte...

Ein noch ferneres, unnatürlicheres warmes Licht schenkte nun der schwarzen Silhouette der Gestalt hinter ihr ein Gesicht. Es kam näher und näher.

Ein kantiges, markantes, nicht fremdes Gesicht...

Ihre Augen wurden groß. Der Mann der ihre Brüste hielt war ein guter Bekannter...

Raphael Carvallo...

XXX

Bettina zuckte kurz zusammen, ihr Herz überschlug sich, sie riss die Augen auf... sah das schäumende Meer, die Realität, die Wirklichkeit und beruhigte sich im nächsten Augenblick wieder. Ein Traum, es war doch nur ein böser Traum, der sich zwar ständig wiederholte, sie aber nicht mehr so ängstigte wie noch zu Beginn.

Immer wieder holte sie die jüngste Vergangenheit ein.

Chris saß neben ihr und sprach kein Wort. Schlief er? Sie fühlte ihn neben sich, ein unsichtbares Band zwischen ihnen, es übertrug die Gefühle des jeweils Anderen... in jeder Sekunde.
Ob er spürte was in ihr vor ging? War er deswegen so still, sprach kaum mit ihr, war er selbst gefangen in den Nachwehen der Ereignisse?
Er war immer so ein lustiger Mensch, Humorvoll, nichts vermag seine gute Laune zu verderben, immer ein Scherz auf den Lippen, ein Menschenbeobachter, ein Kommentator des Lebens, seine Sprüche besaßen oft komedialen Charakter.
Diesen Chris gab es nicht mehr.

Die Brandung schlug wieder und wieder tosend gegen die steinernen, stachelartig geformten Wellenbrecher weit vor ihnen, der Wind spielte mit ihrem Haar, legte eine salzige Kruste auf ihren Lippen, ließ Bettina erschaudern.

Ihre Gedanken verfingen sich wieder an Raphael.

Sie musste sich eingestehen, dass sie jeden Tag den sie mit diesem Irren zusammen verbrachte, immer wieder an nur an Chris denken musste.

Es gab schöne Tage mit Raphael, sie musste sich zwar anstrengen und lang überlegen aber auch das war nicht zu leugnen.

Jede Berührung von Carvallo, jeder Kuss, sie fühlte sich im Nachhinein in jedem dieser Momente schuldig, als wäre sie Fremdgegangen, würde Chris Betrügen und verraten, obwohl sie in der Zeit längst nicht mehr zusammen waren.

Ausgenutzt, Carvallo hatte sie ausgenutzt... er tat Dinge mit ihr... nun, es gehören ja immer zwei dazu.

Sie ertappte sich oft dabei diese unzüchtigen, wilden Spielchen zu mögen, zu wollen... sich ausnutzen zu lassen. Einfach dazuliegen wie ein warmes zuckendes Stück Fleisch beim Metzger, ihm zu gehorchen, zu stöhnen zu quieken zu jammern und er vergaß sich dabei komplett. Das machte ihn an, und total verrückt.

Vielleicht mochte sie es auch deshalb, weil Chris **so** nicht mit ihr umging... sie tanzten stundenlang um den „heißen Brei" berührten, küssten sich zärtlich, spielten miteinander, aber genau „**Das**" vermisste Betty jetzt so furchtbar. Der respektvolle Umgang, bitte und ein Dankeschön.

23

Eine frische Brise zerwühlte wieder ihr Haar, sie hielt ihre Augen weiterhin geschlossen, lächelte und ihr leiser Seufzer wurde vom rauschen des Meeres geschluckt als sie an diesen Typ dachte.

Carvallo dagegen, nun er war eben ein Schwein.

Raphael machte eigentlich immer was er wollte mit ihr, ihre eigenen Wünsche und Vorlieben waren ihm egal, Betty lies es einfach geschehen, ließ sich erniedrigen und genoss sein herbes, beinah brutales Vorgehen.

Er wollte sie, überall und immer wieder, Tag oder Nacht, in der Öffentlichkeit oder der Abgeschiedenheit der eigenen vier Wände. Fetzen der Erinnerung schoben sich in den Vordergrund. Nicht selten packten seine großen Hände zu, zwang sie grob sich auszuziehen, sich nackt auf den Küchentisch zu legen, sich auf die Seite zu drehen, hielt ihre Hände an den Handgelenken zusammen, drückte ihre Knie aufwärts so das ihr Po über den Rand des Tisches hing, so wunderbar zur Geltung kam und benahm sich wie ein ungezähmtes, wildes Tier, was die wöchentliche Fütterung verpasste.
Oh... sie selbst kam bei diesen Abenteuern selbstverständlich auch nicht zu kurz, manches Mal auch mehrmals...
Sie lächelte süffisant bei dem Gedanken und drückte ihre Oberschenkel fest zusammen.

Bettina spürte wie eine Hand sich um ihren Nacken legte und weiche Fingerkuppen streichelnd ihre erhitzte Haut berührten, wieder stellten sich ihre feinen Härchen aufrecht und sie konnte nichts dagegen tun.

>Hey süße Träumerin... was denkst Du, was träumst du? Du lächelst unentwegt... verrätst du mir deine fesselnden Gedanken?<
>Ach Chris... du weist es doch... der eine Moment lässt mich Lachen, der nächste Moment zwingt mich zum Weinen. Ein ewiges Hin und Her, wir haben zu viel erlebt und längst nicht alles verarbeitet, kannst du mich verstehen. Du bist bei mir, du bist mein Glück, mein Seelenheil, dass ist ein wunderschöner Neuanfang für uns zwei...< sie sah ihn blinzelnd an und lächelte.

>Ja, so geht es mir auch, mit dir zusammen fühle ich mich stark... meine Wunden heilen schneller wenn du in meiner Nähe bist und es tut mir so weh, dass ich dir im Moment nicht mehr geben kann als zärtliche Umarmungen... es geht einfach nicht...< er löste seine Hand von Bettinas Nacken und sah traurig zu Boden.

>Nein nein, tu dir das nicht an... es ok so wie es ist... ich wäre die letzte Frau die es nicht verstehen würde.< Sie streichelte sanft sein Haar und fühlte sich schuldig nach den Worten, so war es doch ein wenig gelogen, oder ein wenig mehr...

Bettina sehnte sich nach etwas körperlichem, sie wollte mehr. Das Warten auf Zärtlichkeiten wurde langsam zur Qual. Oder doch nicht? *„Was ist nur los mit mir verdammt..."* Und musste sich ablenken...

>Hey Chris, wir haben jetzt so viel Zeit... der Augenblick wird kommen wo du dich wieder fallen lassen kannst.

Glaube mir... ich dränge dich zu nichts... zu gar nichts... ich warte auf dich... ich liebe dich...<
Bettinas Stimme zitterte bei den letzten drei Worten und es hörte sich irgendwie an als formulierte sie eine Frage.
>Ich liebe dich auch mein Schutzengel... wo wäre ich ohne dich... so völlig hilflos und wie gelähmt lag ich da im Dreck dieser Ruinen und konnte nichts machen... konnte dir nicht helfen, ich musste dich allein lassen... es hätte auch anders ausgehen können, dieses irre Abenteuer...< Sie nahmen sich in den Arm, umklammerten sich fest als wären sie miteinander untrennbar verschmolzen.
>Autsch, Vorsicht Süße... der Doc hat mich zwar gut zusammengeflickt, es ist aber noch nicht alles verheilt und an der richtigen Stelle angekommen...< jammerte Chris.
>Natürlich, entschuldige bitte, nur... es ist so furchtbar schön dir so nah zu sein, außerdem riechst du gut... Was bin ich doch für ein Grobian...<

>Nein, bist du nicht... kennst mich doch, bin eben ein Jammerlappen... lass uns noch etwas die Stille genießen, dann ein kleines Mittagessen? Ich glaube du bist dran mit Zahlen oder?<

>Da könntest du recht haben, also was das Bezahlen angeht. Halten wir nun noch ein wenig die Nase in den Wind und lauschen den Möwen. Ich fühle mich wohl, in diesem Moment, da wo du bist ist mein Zuhause, ich könnte hier ne ganze Woche mit dir sitzen oder einfach bis in die Ewigkeit, Tausend Jahre und Tausend mehr...< Bettina lehnte sich an Chri`s Schulter, schloss wieder ihre Augen und begann erneut zu Träumen...

XXX

Kapitel 3

Der Plan
Samstag 01.07 15:30 Uhr Helgoland

Tief Durchatmen.

Strahlend blauer Himmel, kein Wölkchen in Sichtweite. Die helle Sonnenscheibe strahlte mit aller Kraft, jedoch der auffrischende Wind verhieß nichts Gutes.

Dieses Geschaukel und Gewippe. Hin und Her, ein Auf und Ab, mit einer erschreckenden Regelmäßigkeit die einem Großstadtbewohner den Magen malträtierte und schon gerne mal auf den Kopf stellte.

Die überschaubare Insel tauchte am Horizont auf, wurde größer und größer. Wer nun dachte dass das Schiff in den Hafen einfuhr, vor Anker ging, alle Passagiere die Fähre verließen, stolz die Gangway passierten und gemütlich von Bord flanierten, der irrte gewaltig. Das Schlimmste kam ja noch... das Ausbooten oder wie man es hier auch nannte. Sie hörte an Land davon und hätte doch gern darauf verzichtet, ließ es aber lethargisch und kommentarlos über sich ergehen, denn seit einer guten Stunde schon kämpfte Katharina gegen die immer präsenter werdende Übelkeit an und gewann doch letztendlich.

Kathi streckte sich ausgiebig.

Die Luft schmeckte nach ekeligen Dieselabgasen und legte sich wie ein seidiger, klebriger Schimmelteppich über ihre Zunge.

Der ablandige Wind blies den schwarzen Qualm, der dickwolkig aus den Schiffsschornsteinen quoll, quer über die Insel Luftkurort mit Industriecharme...

Irgendwo musste doch die kleine Karte mit der Wegbeschreibung stecken, Kathi kramte tief in ihrer schwarzen Ledertasche und fand das zerknitterte Stück Papier. Ihre Pension lag auf dem sogenannten Oberland.

Sie packte den Griff ihres Rollkoffers etwas fester und steuerte den nächsten und einzigen Aufzug an den es hier auf Helgoland gab.

Mit dem schweren Koffer in der Hand war an einem Treppenlauf nicht zu denken, und Treppen, ja... davon gab es hier eine Menge.

Der geräumige Aufzug war brechend voll mit Reisenden verschiedenster Altersklassen, den dazugehörigen Gerüchen und vollgestopften Koffern. Schnell waren sie alle oben angekommen und platzten beinahe gleichzeitig aus dem Lift.

Menschen begegneten ihr auf dem weiteren Weg zur Pension auf dem Oberland.

„Ihr seit doch schon alle tot" dachte Kathi und lächelte jedem einzelnen von ihnen wissend an.

Ihre Freude wurde groß als Katharina Gerland endlich ihrer Behausung entdeckte. Pension „Möwenschiet..." sie musste schmunzeln. Was für eine gekonnte, gut getroffene Namensgebung.

Der Prospekt des Hauses ließ gutes erwarten, nur... die Einrichtung war ihr letztlich egal. Ein langer Aufenthalt war nicht geplant.

Auch freute sie sich auf das Treffen zum späten Abend. Ein gewisses Kribbeln auf ihrer Haut, dass spürte sie schon länger. Das letzte Date war einfach schon viel zu lang her... ihre Gefühle und Sehnsüchte mussten heraus.

Kathi fand schnell ein williges männliches Exemplar für ihre Gelüste und bestellte sich ihm kurzerhand auf diese Insel. Für diesen Menschen bestimmt ein belustigtes Abenteuer, für Katharina jedoch ein kühl geplantes Vorhaben. Vorher mochte sie sich noch ein wenig ausruhen, die Überfahrt steckte ihr tief in den Knochen.

Die Reise ihres Lebens näherte sich dem Ende, das Ziel kam in Sicht, war zum Greifen nah...

Was mit den Menschen auf dieser Insel passierte, daran verschwendete Kathi keinen Gedanken.

Alles war ihr egal. Diese brennende Wut in ihren Eingeweiden ließ sie immer wieder erzittern und beinahe ersticken. Sie musste sich zusammennehmen um nicht auf jeden loszugehen der ihr begegnete. Sie hasste die Ignoranz dieses ungläubigen Volkes.

Ihre Tochter, ihr Meister... sie kamen nicht wieder zurück, wurden dem Leben entrissen ohne nachzudenken. Verhindern konnte sie diese Gräueltaten nicht, dass machte sie fix und fertig. Blinder Hass legte sich auf ihrer Seele und wurde zu einem alles beherrschenden Gedankengut. Nichts war ihr wichtiger als endlich Rache zu nehmen.

Katharina wollte, nein musste zu ihm, irgendwie. Doch sie würde nicht allein gehen, ihre Begleiter standen längst fest.

Das Schicksal erkor sie aus und machte sie allesamt zu Kandidaten des Übergangs, in eine andere, bessere Welt. Es mochte brutal sein, doch sie empfand sich als eine Art Körperbefreierin. Das Trennen von Körper und Geist, ihre primäre Aufgabe. So war doch der Geist allein, ein reines Wesen, mit klaren Gedanken und Motivationen.

Und nicht nur die Mörder ihrer großen Liebe, nein... noch mehr Menschen hatte Kathi im Sinn. Verzweifelte Menschen voller Lebensangst, von der Liebe verlassen oder diejenigen, die sich auf der Suche nach Liebe befanden. Ihnen die Last der Verzweiflung zu nehmen, diese Aufgabe gab es zu erfüllen, ihre letzte Aufgabe in diesem irdischen Leben und eine Botschaft sollte es sein, an diejenigen, die nicht in der Lage waren zu Glauben.

Es gab eine Strategie... sie kicherte als sie daran dachte. Dieser Plan war einfach perfekt. Nicht das perfekte Verbrechen, nein, dass leider nicht. Die Ausführung war vielleicht nicht gerade das gelbe der Sonne, aber ab und an heiligt doch der Zweck die Mittel.

Ihre alte Vorgehensweise musste überdacht werden, sie selbst, ihre Person, war einfach zu auffällig geworden und man würde parallelen ziehen, dazu brauchte man kein Kriminalist sein. Zeit war ein wichtiger Faktor und ein treuer Verbündeter, so war es doch die menschliche Natur selbst, dass allmählich die Erinnerung an ihre Taten und ihr Gesicht verblassten, aus den Augen, aus dem Sinn, dass hoffte sie jedenfalls.

Wochenlang überlegte Katharina, machte sich Gedanken, marterte ihr Hirn. Dann präsentierte er sich... der gewaltige Geistesblitz.

Die Idee raubte ihr den Atem, haute sie förmlich um. Im Internet gab es über eine ähnliche Story etwas zu lesen.

Schon ein paar Jahre her, dennoch sehr präsent und es könnte jederzeit wieder passieren und dafür würde Katharina schon sorgen. Ihre Mundwinkel verzogen sich erneut zu einem wissenden Lächeln.

Das „Warum" war klar, dass „Wie" und „Wo" stand auch irgendwie fest... nur „Woher" bekam sie es?

Kathi stand auf dem kleinen übersichtlichen Balkon ihrer für zwei Wochen gebuchten Pension.

Ihre bleichen knochigen Finger umklammerten die kalte Balkonbrüstung und sie streckte ihre schlanke Stupsnase in den Wind, der mittlerweile gedreht hatte, nun aus Nord-Ost heran wehte und dabei dicke, klumpige schwarze Wolken vor sich her trieb.

„Das wird sicher ein handfestes Gewitter geben, wenn nicht noch schlimmer..."

Das „Woher" also...

Doch auch für diese noch unbeantwortete Frage gab es eine Lösung.

Dario Mascarello, ihres Meisters engster Vertrauter besaß sehr gute Kontakte. Kontakte die bis nach Sizilien reichten. Ein sehr langer Arm...

Er war es auch, der für ein gutes Versteck sorgte, damit Katharina vorerst von der Bildfläche verschwand.

Der Wind frischte noch weiter auf, spielte mit ihrem Haar, zerrte an ihrer weißen Bluse und trocknete den feuchten Schweißfilm auf ihrer Haut, ließ sie dabei erschaudern. Sie zog sich zurück, ging in das kleine Wohnzimmer ihrer Ferienresidenz, legte sich auf die Couch und dachte weiter über ihren Plan nach und ihre Flucht kam ihr wieder in den Sinn.

Das restliche Benzin in dem gestohlenen roten „Fluchtauto" reichte nicht sehr lang. Außerdem war das Fahrzeug den Behörden ja bekannt. Es musste gewechselt und gegebenenfalls entsorgt werden.

Sie lachte kurz auf als sie an den unglaublichen Zufall dachte. Der Schlüssel des Fahrzeugs steckte im Zündschloss, einfach unfassbar.

Katharina sah es als ein Zeichen um weiter zu machen, sich nicht dem Schicksal zu beugen. Im Gegenteil, sie wollte sich dem Schicksal entgegen stellen bis zum Schluss, dass war nun ihre Aufgabe.

Als Parkmöglichkeit oder vielmehr als Entsorgungsmöglichkeit, bot sich für ihr Fluchtfahrzeug der nahe gelegene Bolsenasee an. Eine gewaltige Umweltsauerei, doch das war in diesem Fall egal. Sie flüchtete nicht ohne Ziel. Dario, der sehr gute Bekannte ihres Meister war ihre erste Anlaufstelle. Ein Zufluchtsort wenn etwas nicht vorhergesehenes geschah, und dieser Moment war gekommen.

Ihn zu finden hatte oberste Priorität, denn Katharinas Kräfte schwanden, sie war fix und fertig, total ausgelaugt, der ewigen Ohnmacht näher als dem nächsten Atemzug. Ihr linkes Knie hatte sie sich bei ihrem Sturz am Fanum zudem leicht verdreht, es fing erst höllisch zu schmerzen an, als sie nach einiger Zeit zur Ruhe kam. Darum war Katharina auch froh den Vertrauten ihres Meister so schnell gefunden zu haben. Bei ihm angekommen, war es ihr möglich, ihre Batterie wieder mit frischer Energie zu versorgen, dass lädierte Knie zu pflegen und neue Pläne zu schmieden.

Dario war wirklich genau der Richtige, einen besseren Kumpan und Komplizen hätte sie sich nicht wünschen können.

Ihr Meister hatte viel von ihm erzählt, er kannte ihn bereits lang und die in den Jahren entstandene Freundschaft war intensiv.

Ein williger etruskischer Untertan also, der alles besorgte was Katharina benötigte und dabei keine unbequemen Fragen stellte. Selbst für die sehr schwer zu beschaffenen Dinge, für ihren eigentlichen Rachefeldzug gedacht, benötigte er nur wenige Wochen, auch finanziell brauchte sie sich keine Sorgen zu machen.

Katharina sollte sehr vorsichtig mit den besorgten Dingen umgehen, dass musste sie ihm versprechen, was sie auch tat, in beiderlei Hinsicht.

Ein Lächeln huschte abermals über ihre Lippen, sie drehte sich auf die andere Couchseite, Kathi war müde ihre Augen fielen zu.

Ein wenig ausruhen, nur ein wenig ausruhen, dass konnte nicht schaden und etwas Zeit bis zum Abend war ja noch vorhanden.

Der Herr der Ringe kam ihr in den Sinn. Dem Ringträger wurde eine Aufgabe auferlegt, so ähnlich erging es ihr.

Der Ring veränderte seinen Träger und Kathi wurde ebenfalls negativ von der Substanz die sie bei sich trug beeinflusst.

Sie wurde stündlich schwächer...

Doch die Bürde die sie nun trug sollte nicht vernichtet werden, sie selbst wollte vernichten, mit eben Hilfe jener Bürde die sie selbst langsam auf frass, bis zum bitteren Ende.

Jene, die es zu verantworten hatten, die ihr das wichtigste, dass liebste in ihrem Leben nahmen, diejenigen sollten leiden.

Ihre Recherche war perfekt. Jedes kleine Detail der beteiligten Personen die sie aufzuspüren versuchten, untersuchte sie oder ließ es Untersuchen. Auch hier war Dario eine fantastische Hilfe.

Ein oder zwei perfide Spielchen baute Katharina in ihrem Hass geschwängerten Feldzug mit ein.

„Leiden sollen sie... ja, leiden..."

Ihre eigene Zeit lief ab, das spürte Kathi.

Dennoch, alles lief nach Plan, es spitzte sich unaufhaltsam zu. Hier konnte sie sich austoben, ihre Maske fallen lassen.

Ihr Rachefeldzug war nicht mehr zu stoppen... *„Ich bin Vanth... Überbringerin der Toten"* dachte sie und leckte ihre Lippen.

Mit einem sanften Lächeln auf den Lippen schlief sie ein und träumte davon ihren Meister endlich wieder im Arm zu halten, auch wenn sie ihr jetziges Leben beenden musste.

Kathi war bereit zu gehen.
Sie war bereit zu sterben.

XXX

Sonntag 02.07 04:16 Uhr Helgoland

Ein Tropfen.
Und noch ein zweiter... ein dritter...
Noch weitere Tropfen die in Ihr Gesicht fielen über ihre Wangen liefen.

Gänsehaut kroch über ihr Gesicht und weitete sich explosionsartig über ihren ganzen Körper aus. Sie lag auf dem Rücken, vereiste innerlich, der Wille sich zu Bewegen wurde im Keim erstickt, reglos ertrug sie den Horror.
Ihre Augen blieben geschlossen.
Oh ja, sie wusste genau wer da über ihr hockte und blutete, ihr grinsend beim Schlafen zusah.
>Geh weg, geh bitte weg und lass mich in Frieden... lass mich doch endlich Schlafen...<
>Du weißt das ich nicht gehen kann... ich werde dich nicht aufgeben, ich werde immer bei dir bleiben... dir in deinen Träumen ein steter Begleiter sein und nun meine Süße... gib mir einen lieben Kuss...<

XXX

Bettina öffnete mit einer übermenschlichen Anstrengung ihre Augen, stemmte sich hoch, blieb im Bett aufrecht sitzen und schüttelte langsam mit dem Kopf.

Vier Uhr sechzehn in der Früh, pünktlich auf die Minute... eigentlich wie immer.

Grelles Mondlicht flutete ihr Hotelzimmer, umspülte ihr Gesicht.

Angst, oder Furcht, nein... das verspürte sie nicht mehr. Zu oft quälte sie schon dieser Albtraum. Jedoch war er nicht der einzige, eher einer aus der Kategorie seltsam oder einer der harmloseren, gruseligeren Sorte.

Betty wischte sich den Schweiß von der Stirn und holte tief Luft. So konnte es jedenfalls nicht mehr weiter gehen, sie musste etwas unternehmen.

Bourbon wurde bald ihre ständige Abendbegleitung.

Ein Retter in der größten Not und als Einschlafhilfe sehr willkommen, doch vertreiben konnte er die bösen und auch teilweise perversen Träume nicht. Und nur Alkohol, dass war nicht gesund, da gab sie ihrem Kommissar mal ausnahmsweise recht.

Ja, böse und perverse Träume...

Letzteres erschien ihr nicht allzu unangenehm, denn es regte sich irgendwie ein täglich wachsendes, überwältigendes, allgegenwärtiges, wunderbares Verlangen in ihr, was andere Gefühle beinah komplett unterdrückte. Ein Rausch, eine Droge, in ihrem Körper Produziert...

Ein Mauerblümchen war sie mit Bestimmtheit nicht, nur „das" und die Vielzahl was sie immer wieder an Träumen heimsuchte, glich bereits einer Sucht im Endstadium.

Eigentlich sehnte sie sich bereits nach dieser Art von Traum. Viel zu lang her, ihr letztes körperliches Abenteuer.

Sündige Gedankenspiele also, als kalter Ersatz für hingebungsvollen körperlichen Sex... nein, nein... nur ein Placebo für die Seele? Vielleicht ja... oder auch nicht...?

In einem anderen Traum, der sich auch oft wiederholte, ja... da blieb es nicht nur bei zärtlichen Berührungen, sie musste lächeln und dachte an ihren süßen Chris. Bettinas Herz pochte laut und sie glühte vor Verlangen...

Feuchte, bleierne Hitze schwängerte den Raum. Trotz des geöffneten Fensters gelang nur wenig kühlere Luft des kurzen, dennoch heftigen Gewittersturmes in ihr kleines Schlafzimmer des Hotels. Beinahe exakt zur gleichen Zeit wie eine Nacht zuvor und ebenfalls nur eine halbe Stunde lang tobte das nächste Inferno über der Insel, Blitze zuckten im Sekundentakt vom Himmel, als befände sie sich inmitten einer Laufsteg-Präsentation von Karl Lagerfeld oder unserem Guido Maria...

So schnell wie das Gewitter gekommen war, so schnell verschwanden die entfesselten Gewalten auch wieder, dann wurde es ruhig und friedlich.

Es hinterließ eine gesäuberte, jungfräulich reine Luft, und einen Sternenhimmel der so klar war, als befände sie sich mitten im Universum... sie blickte zum runden Mond hinauf und verstand jetzt warum Wölfe ihn an heulten, er war wirklich zum Weinen schön...

Bettina verspürte jetzt einen Drang anderer Natur und stand schwankend und benommen auf.

Der Bourbon wirkte also immer noch nach, fesselte ihr Gleichgewichtszentrum und ließ die Welt etwas runder erscheinen.

Sie zog ihr schweißnasses Hemdchen aus, zerriss dabei beinahe das dünne und wie eine zweite Haut am Körper klebende seidige Etwas, stand rasch auf, ging auf Zehenspitzen zur Toilette und erledigte ihr „Geschäftchen".

Etwas Papier wickelte sie sich um zwei ihre Finger, tupfte sich sanft ab, spürte sofort das sie für hingebungsvolle Abenteuer bereit war, berührte sich noch einmal, dieses Mal ohne Papier und schloss dabei für einen Moment genussvoll die Augen. Anschließend wusch sie sich nicht nur ihre Hände sondern auch ausgiebig das Gesicht mit lauwarmen Wasser, obwohl Betty eigentlich das kalte Wasser aufdrehte.

Selbst das Grundwasser auf dieser kleinen Insel schien zu kochen.

In solchen Nächten passierte es immer wieder.

Die Menschen drehten reihenweise durch bei solch extremen Nachttemperaturen.

Menschen mit kaltem Brei in den Hirnen mutierten zu Zombies die zu allem bereit waren, als wenn es kein Morgen mehr gab.

Das wusste die auf eigenem Wunsch beurlaubte Kommissarin nur noch all zu gut. Die Mord- und Selbstmordrate kletterte rasant in die Höhe und hielt diverse Sonderkommissionen auf Trab.

Bettina ließ das Wasser nun einige Sekunden über ihre Handgelenke laufen, trocknete sich danach ab, legte sich wieder auf ihr Bett und dachte schwitzend weiter nach.

Chris schlief sicher wie ein Murmeltier. Sollte sie ihn wecken? Lieber nicht, er hatte den Schlaf nötig. Nötiger als sie jedenfalls. Sein Zimmer lag genau neben ihre Unterkunft.

Sie hätten auch zusammen „wohnen" können, doch Christian bestand auf getrennte Schlafzimmer. Schlaflosigkeit, Herumwälzen, Albträume, Schnarchen schob er vor.

An Christians gelegentlichen Schnarchattacken, daran erinnerte sie sich noch sehr gut aus vergangenen Zeiten aber auch an seine anderen vorgeschobenen Argumente, an ähnlichem litt sie ja selber auch. Doch der wahre Grund, jedenfalls in ihrem Fall, war mit Sicherheit ein anderer.

Ihre kurze Liaison mit Raphael Carvallo.

Der, und das musste sie sich ehrlich eingestehen, größte Fehler ihres bisherigen Lebens. Es war einfach nicht zu beschreiben wie charmant, zuvorkommend und höflich er sich zu Beginn ihrer Liebesbeziehung ihr gegenüber verhielt. Süße Geschenke und Komplimente vernebelten ihr Gehirn, ließen ihr Herz erglühen. Die Ablenkung kam zum richtigen Zeitpunkt.

Das ewige Alleinsein hatte Bettina zu dem Zeitpunkt satt, und sie hatte auch genug von den ständigen Grübelei über die Beziehung mit ihrem Christian.

Warum alles in die Brüche ging, man sich nicht mehr verstand oder verstehen wollte, sich ständig für irgendetwas entschuldigen musste.

Unausgesprochene Dinge schleppte man in den Alltag hinein, schwierige Ermittlungen wurden daher noch schwieriger und es wurde beinahe unmöglich sich auf die Polizeiarbeit zu konzentrieren.

Dann wiederum die Stille, man saß sich gegenüber und schwieg sich an.

Doch plötzlich und wie aus trüber Brühe geboren, dass genaue Gegenteil.

Das kleine, gemütliche Italienische Restaurant in Aachen, Bettina lächelte...

Oh... wie war sie betrunken. Chris trug sie halb die Stufen nach oben.

Er küsste sie zärtlich, Betty berührte mit dem Zeigefinger ihre Lippen... da war es wieder, dieses Gefühl.

In diesem Moment, in ihrer Wohnung... auf der Couch, nicht einmal in ihrer Beziehung und trotz der Trennung waren sie sich je näher als an diesem Abend, obwohl nichts weiter passierte.

Musste man sich erst trennen um zueinander zu finden?

Was war das denn nur für ein Gefühlschaos. Zuneigung, Liebe... ja, letzteres war es auf jeden Fall. Ihre Augen wurden feucht... es gab doch nur noch ihn... Jede Faser, jedes Molekül ihres Körpers sehnte sich nach ihm, wollte ihn haben... ihn auffressen, oder nur Kuscheln?... jetzt sofort... sie brauchte nur rüber gehen und ihn aufwecken... oder lieber nicht?

>Oh Chris... was habe ich dir nur angetan... ich bin so bescheuert...< schluchzte Bettina, wischte sich das warme Salzwasser aus dem Gesicht.

>Warum habe ich mich diesem Typen hingegeben... was hat dieses Schwein nur mit mir angestellt... diese Psychositzungen... was hat er nur in meinen Kopf eingepflanzt... Chris... hilf mir...< flüsterte Betty Tränen erstickt.

Carvallo musste ihr KO- Tropfen in die Drinks gemischt haben, anders war es nicht möglich.

Die Entführung nach Italien, im Flugzeug beichtete er ihr seine Machenschaften und hoffte doch tatsächlich auf so etwas wie Verständnis... Bettina war nichts weiter als ein Experiment, so kam sie sich jedenfalls vor.

Orvieto... das Fanum Voltumnae...

Dieser Fall veränderte alles und Alle. Hinterließ Fragen Verzweiflung und Misstrauen.
 Dinge waren geschehen die jeder von ihnen nie mehr vergessen würde.
 An diesem Ort gab es die große Zusammenkunft.
Chris, die junge Jennifer Gerland und ein italienischer Commissario wurden angeschossen. Raphael Carvallo musste sterben, Bettina hörte die Schüsse immer noch als ewiges kreischendes Echo in ihren Ohren nachhallen.
 Spürte den kalten Abzug ihrer Waffe, den Rückschlag, sah immer wieder wie Raphael getroffen wurde und zusammenbrach.
Einfach Grauenhaft.
 Bis zu diesem Moment hatte sie noch nie einen Menschen erschossen, angeschossen ja, aber noch niemals jemanden aus dem Leben gerissen.

 Die Schmauchspuren des Pulvers waren noch Tage später auf ihrem Handrücken zu sehen und der Pulverdampf zu riechen.

Diese Gedanken und Vorwürfe die man sich machte, dass konnte einem niemand nehmen, auch kein gut ausgebildeter Psychiater, den Bettina auch nicht mehr aufsuchte.

Sie besaß einfach kein Vertrauen mehr zu einem Seelenklempner, dass war vorbei.

Sie ließ niemanden mehr in ihre Seele Herumstochern, bohrende, quälende Fragen ertragen, immer und immer wieder.

Was sie fühlte als sie abdrückte, ob sie gezielt schoss und so weiter... bla bla...

„Natürlich hatte ich gezielt geschossen, mein Kollege getroffen am Boden, ich war geschockt, sauer, genervt. Ich hätte am liebsten das ganze Magazin Leer geschossen, dieser Wahnsinnige musste fallen." so schrie sie den Weißkittel an.

Bettina stand unter Beobachtung, sollte vorerst den aktiven Dienst ruhen lassen, eine Beurlaubung auf Zeit also. Sie sprach mit niemanden ein Wort, verabschiedete sich nicht und ging.

Doch noch etwas rumorte in ihrem Hirn.

Katharina Gerland war es gelungen zu entkommen. Bettinas größte Niederlage, aber es war eben nicht zu verhindern.

Eine Fahndung lief erst sehr spät an. Die Sorge um Chris und Jennifer, sie selbst hatte ein Streifschuss erlitten, die Sprachprobleme mit den italienischen Behörden, Carl war nicht zu erreichen... und und und.

Katharina Gerland blieb verschwunden. Keine Informationen über den Verbleib dieser Irren Serienmörderin.

Erst nach ihrer Rückkehr aus Italien bekam Bettina die Chance sämtliche Puzzelteile etwas eingehender und genauer unter die Lupe zu nehmen, die vergangenen Ereignisse in einen Chronologischen Ablauf einzuordnen.

Dieser Alexander Kohnen geisterte durch ihr Hirn. Was für ein Typ... er faszinierte sie im Nachhinein besonders.

Dank ihrer intensiven Recherche fand sie heraus, dass dieser Kohnen nur durch einen Zufall in den Strudel der Ereignisse gerissen wurde. Oder besaß Carvallo wirklich das Wissen, um mittels Hypnose und nach nur einer einzigen Sitzung Hirne umzuprogrammieren?

Nach Raphaels Aufzeichnungen kam es nur zu einer einzigen Sitzung mit Kohnen und diese dauerte auch nur dreißig Minuten. Eine halbe Stunde um einen Menschen zu einem Mordmonster zu machen?

Das wollte nicht in ihren Kopf.

Alexander Kohnen.

Seinen Aufzeichnungen war eine Menge zu entnehmen. Was er dachte, was er fühlte, auch seine politische Eingruppierung zum Beispiel. Vier Gigabyte Informationen über den Herrn. Jeder bekam sein Fett weg in seinen Hasstiraden über die momentane politische Situation zum Beispiel.

Da an Schlaf, zumindest in der nächsten Stunde, sowieso nicht mehr zu denken war, entschloss sie sich ihren Laptop aufzuklappen und noch etwas in seinen niedergeschriebenen Gedanken zu wühlen.

Außerdem lenkte es Betty von gewissen sich stets steigernden heißen Sehnsüchten ab.

„Na dann wollen wir mal..." dachte Bettina und öffnete noch einmal die erste Datei der Kohnschen Schimpfkanonade.

XXX

Es wurden in Deutschland Mechanismen etabliert, wie zum Beispiel die sogenannte Hartz-vier Gesetze, mit einer perversen deutschen Gründlichkeit, die schon mehrmals in der Geschichte zum scheitern verurteilt war. Wo blieb denn ein „D- Day" um das Rechts- und Finanzsystem in der BRD wieder ins Lot zu rücken? Milliarden von Steuergelder wurden verbraucht um mehrere Millionen Menschen täglich zu drangsalieren, zu enteignen und zu entrechten, fiel das niemanden auf??? Diejenigen, die dieses System unterstützten, also auf der anderen Seite des Schreibtisches saßen, waren sich diese Personen überhaupt bewusst, was sie da taten? Diese Menschen arbeiteten gegen das Grundgesetz der BRD.

Eines der Höhepunkte dieser Gewaltmethoden war doch, dass sich ein Arbeitslosengeld zwei Berechtigter bei seinem „Drangsalierer" im Jobcenter ab und wieder anmelden musste (Hausarrest), wenn er sich zwei, drei oder auch nur einen Tag in sogenannter „Ortsabwesenheit" befand. War das noch zu glauben? Gab es so etwas nicht bei vorverurteilten Straftätern? Hier wurden also bewusst die Grenze zwischen Arbeitslosen und verurteilten Straftätern verwischt?

Wie hieß es doch gleich im Artikel Eins des Grundgesetzes...

„Die Menschenwürde ist unantastbar..."

Ja genau... hier war nichts mehr unantastbar, so lang der Profit stimmte.

Zwangsbildungsmaßnahmen für alle. Was war denn Bildung überhaupt? Wofür Bildung? Damit ich mein Gegenüber übervorteilen konnte, damit ich in der Lage war mit dem Finger auf andere zu zeigen um zu sagen... haha... ich bin schlauer als du...?
Mir war doch ein Mensch lieber, der der „Bildung" nicht so nah stand, jedoch dem Mensch an sich achtete, zuvorkommend, höflich, hilfsbereit war, als derjenige, der permanent mit seinem Studium und seiner Ausbildung prahlte.

Das Wissen. Die einfache Weitergabe von Informationen, die auf einen gewissen Erfahrungsschatz beruhen. Wie baue ich Kartoffeln, das war wichtig, nicht wie viel Urlaub steht mir gesetzlich zu. Wir brachten Syrischen Flüchtlingen preußische Genauigkeit bei, dabei wären sie in der Lage uns beizubringen das Leben zu meistern.
Menschen die vielleicht keine Bildung wollten, die Glücklich über ihren jetzigen Bildungsstand waren, jedenfalls nicht in dem Maße wie es ihnen vorgesetzt wurde, eingepeitscht von wahllos aus dem Boden gestampfter Firmen, deren Bosse nur auf den schnellen Profit aus waren, also **die** Menschengruppe in Ruhe lassen, die einfach nur am Leben teilhaben möchte.

Wer aufgrund einer Lehrnschwäche, Prüfungsängste, soziales Unverhalten seinen Hochschulabschluss in Jahren nicht absolvierte, diesem Menschen sollte mit achtwöchiger staatlicher Zwangsbildung jetzt geholfen werden? Und plötzlich waren alle schlau und Motiviert?

Also warum lassen wir diese Personen nicht einfach die Luft zum Leben und zum Atmen?

Wer auf der andren Seite dann wirklich **"freiwillig"** Bildung möchte, könnte sie doch dann gezielt bekommen.

Keine einfache Massenbildung, jeder bekam irgendwie irgendwas, höchstgesetzlich verordnet, ob er nun wollte oder nicht. Mund auf, jeder bekommt eine Wissenspille, Punkt basta aus.

Jetzt stellen wir uns einmal vor, jeder Deutsche Bundesbürger besäße einen Doktortitel und begriff plötzlich was hier im Lande so vorging...

Bildung = Macht = Besitz = Macht?

Jeglicher Besitz beruht auf das Übervorteilen anderer.

Das war also moralisch Vertretbar? Das brachten wir generationsübergreifend unseren Kindern bei?

Die Botschaft für unseren Nachwuchs lautet also... „Sei schlauer als dein bester Freund oder Freundin... arbeite Dein Leben lang hart, damit es deinem „Chef" besser geht?" Wo führt uns diese Denkweise noch hin? Nur in den Abgrund...

Vor dem Universum waren wir alle gleich... wir bestehen aus Atome und Moleküle... und wenn wir das zeitliche Segnen, dienen wir der Natur als Dünger.

Der ewige Kreislauf, da half auch nicht die bestbezahlteste Ausbildung...

Eine direkte Subvention der Handelsindustrie, dass Geld was für monatliche Bedarfe als Sozialhilfe oder AlG zwei ausgezahlt wurde, floss doch direkt wieder in den Wirtschaftskreislauf, auch diese Maßnahmen sicherte viele Arbeitsplätze.

Warum regen wir uns eigentlich so auf? Warum müssen wir immer früher aufstehen um zur „Arbeit" zu gehen um noch mehr Geld zu scheffeln, um einen noch größeres Automobil als mein Nachbar es besitzt zu kaufen? Warum?

War das des Menschen Natur? Oder wurde uns hier nur etwas medial „eingepflanzt"?

Nur wer sich ein Leben lang abschuftete, sich quälte, war ein guter Mensch...???

Bei den Wohlhabenden Herr und Frauschaften war es eben ein wenig anders herum...

Wer es schaffte mit möglichst wenig Arbeitseinsatz den größtmöglichen Vorteil für sich zu erzielen und wer es dabei noch schaffte den größten Teil seines Lebens in der Hängematte zu verbringen, der war ein guter Mensch und Geschäftsmann, wurde geehrt und gefeiert...

Letzteres drang natürlich nie nach außen... na da käme doch der „normale" Malocher auf die Idee sich dem Snob genau gleich zu verhalten... und das wollen wir doch nun wirklich nicht, oder?

Geld = Macht.

Nur darum ging es.

Wer genug davon besaß durfte sich benehmen wie die Sau im Stall... ihm wurde (fast) alles verziehen.

Ein Herr Abgeordneter des deutschen Bundestages kaufte sich kurz frei von allen Vorwürfen. Fünftausend Euro machten den Weg frei für einen Neuanfang.

Das nächste Mal passte er eben besser auf wenn er sich die schönen Bildchen minderjähriger besorgte. War das noch Gerechtigkeit?

Es tut ja niemandem weh, wenn aus dem Netz etwas herunter geladen wird. Aber was ist mit den jungen zarten Seelen, die auf diesen Fotos zu sehen sind? Herr Abgeordneter???

So ein Herr sollte sich was Schämen und von sämtlichen Ämtern sofort zurücktreten.

Die Menschen schauten kurz auf und grasten dann gemütlich weiter...

Wir sind das Volk wurde laut gerufen.

Die Mauern fielen... das Volk war „frei"... Und doch sofort der Knechtschaft des Kapitals unterworfen.

Das war nun also die Freiheit... man durfte Reisen wohin man wollte.

Wenn man das nötige Kleingeld dafür besaß. Das Volk wurde nicht mehr überwacht... ein fataler Irrtum, wer das wirklich glaubte.

Wir sind das Volk...

Wir-sind-das-Volk stand auf des Messer Schneide und wäre beinahe brutal zusammengeschossen worden. Das Kapital rettete den Mauerfall. Der Ostblock war von der Pleite bedroht oder war längst pleite. Das investierte Kapital, was den Mauerfall und die Vereinigung zweier bis dato geteilter Staaten doch noch ermöglichte, war nur geliehen. Das freie Volk würde nun alles in den nächsten Jahren zurück zahlen müssen.

Die Zeche musste beglichen werden, die Rechnung war längst geschrieben.

Das war nun mal der Lauf der Dinge.

Ein Mensch profitierte besonders von dem Mauerfall.

Ein Mensch, ein Politiker, das höchste Amt im Staate, dieser Mann des Volkes, der mit Tränen in den Augen die damaligen Ereignisse, und zurecht, immer wieder kommentierte, die Freiheit beschwor...

Doch nun mahnend, erziehend, warnend den Finger erhob, wenn es darum ging, dass mutige Menschen, jung und alt gemeinsam, wieder demonstrierten, sich dem allmächtigem Kapital mutig entgegen stellten.

Und ja, es brannten Autos und Barrikaden, es kam zu wilden Rangeleien.

Vereinzelte Gruppen *auf beiden Seiten, Polizei wie gewalttätige Demonstranten,* gingen immer wieder aufeinander los und begegneten sich mit brutaler abartiger Gewalt.

Doch wem wunderte es... nur diese Bilder bekamen wir letztlich zu sehen. Das tausende und abertausende Menschen friedlich Plakate hoch hielten und damit ihren Unmut äußerten, dass möchte niemand wissen.

Es ist schon eine perfide Manipulation der Dinge und Geschehnisse.

Nur Wasserwerfer und Feuer, verletzte Polizisten, dass brachte die Einschaltquote und erhielt den ein oder anderen Job. Nur darum ging es.

Verletzte Polizisten, die ihren Kopf für eine verfehlte Finanzpolitik hinhalten müssen. Ein Staat, (der eigentlich nicht existierte, im deutschen Ländle gelten immer noch die Gesetze der Millitärregierung der Siegermächte) der seine Bürger gut behandelte, brauchte keine Polizei... oder eben nur wenig.

Es gab eine Zeit, da war ein Polizist gut gekleidet. Streifenpolizisten die allein oder auch zu zweit die Wege der Stadt entlang gingen und ein offenes Ohr für ihre Bürger besaßen.

Und Heute???

Polizisten, Beamte in Kampfanzügen und ausgelatschten Springerstiefeln, die wohl täglich in den Krieg zogen.

Das Haar frisch gegeelt, so saßen sie in ihren Fahrzeugen, den modernen Festungen des Rechts und brausten die Straßen der Fronten entlang.

Im Sommer natürlich mit geöffnetem Fenster zum Lüften des Ellenbogens.

Gab es doch mal eine wichtige Frage eines Bürgers, kam nur als Antwort... *„dafür sind wir nicht zuständig".*

Doch auch hier gab es natürlich Ausnahmen und das war auch gut so.

Sozialgerichte, einfach völlig überlastet von Klagen missmutiger Bürger.

Werden die Menschen die auf Arbeitslosengeld zwei und anderen perversen Systemen angewiesen waren immer weiter, immer tiefer ins Verderben gestürzt?

Vielleicht dem schwer arbeitendem Volk, die ja unbedingt und mit vorgehaltener Waffe alltäglich morgens gegen halb sechs aufstehen „müssen" um ihrem Chef das Konto zu versüßen... diesen „Schwerstarbeitern" musste man doch etwas zur Beruhigung anbieten.

Da wurden eben Arbeitslose zu Ventilen aufgestauten Frustes.

Müssen denn diejenigen, die bereits am Abgrund standen, für die Dekadenz der Mächtigen den Kopf hinhalten...?

Was sind das nur für Regierungen, die so etwas ihrem Volk auferlegen...

Diese „Volksvertreter" sprachen von Religionen, von Gott und sozialem Gleichgewicht. Dabei ging es nur um Macht und Kapital.

Die Acht reichsten Familien dieser Welt oder das Kartell der Federal Reserve...

Wie ein Haushohes, aus hartem grauen Granit geschlagenes Monster, stand das Kapital da und bewachte die acht Säulen des schnöden Mammons. Niemand kam an sie heran, an die Dekadenz dieser Welt.

Für den „normalen" deutschen Mittelklasse-Bürger war die scheinbar heile Welt doch irgendwie in Ordnung.

Das bescheidene Reihenhaus am Stadtrand, der kleine überschaubare Garten als Mittelpunkt preußischer Genauigkeit.

Ein Leben lang geschuftet für ein Stückchen „Meins"... dann wurden die „Löffel" gereicht und das „Meins" ging unter im perfiden, hasserfüllten Gezänk streitender Erben.

Doch noch hatten wir den Höhepunkt längst nicht erreicht.

Menschen aus vielen Länder dieser vereinigten Europäischen Union waren verzweifelt und am Ende. Die Armen werden ärmer, die Reichen immer reicher. Das ist gerecht? Wohin führte diese Entwicklung?

Ein paar Staaten der Europäischen Union haben es bereits mitbekommen. Tritt ein in die Gemeinschaft und du wirst ausgeplündert.

Die sogenannten Nordstaaten der EU sind doch tatsächlich der Meinung sie hätten das Zepter in der Hand. Da lagen sie sehr daneben.

Das einzige Land in der Europäischen Union was die Zügel in der Hand hielt war Deutschland.

Der nächste perfide Versuch Europa zu unterwerfen und in eine Diktatur zu stürzen ist bereits im vollen Gange. Eine Diktatur des Kapitals. Hier wurden keine Grenzen verschoben oder Länder neu Geschaffen, weit gefehlt. Auf des Menschen, des Arbeiters Rücken würde der nächste Konflikt ausgetragen und wie schon genannt, der Krieg tobte bereits.

Schleichend, langsam, Stück für Stück kroch er dahin, vergiftet die Seelen des Volkes und stiftet Unfrieden unter ihnen, hetzte sie gegeneinander auf.

Erst wenn die Mittelschicht eines Landes dahin schmolz, erst in diesem Moment sah man das Ausmaß der Kapitaldiktatur.

Die untere Einkommensgruppe lag längst am Boden und stand an der Suppenküche zum Betteln an.

Die mittlere Einkommensgruppe, oder eben die Mittelschicht, präsentierte das Rückrad einer jeden Nation.

Brach diese weg, war es doch vollendet, war das Ziel des Kapitals erreicht.

Die Oberschicht residierte blass gepudert und wild Perückt aus hoch ummauerten, gläsernen Palästen heraus.

Sensibilisierte Polizeigewalt bewachte die Dekadenz dieser Welt, und das gemeine Volk schuftete unter dem Motto, *„Friss oder Stirb…"*
Hochleistungsmitarbeiter waren gefragt. Aus allen Teilen Europas strömten die gut ausgebildeten akademisierten Arbeitslosen nach Deutschland… hier sank natürlich die Arbeitslosenquote beträchtlich, und das wurde selbstverständlich als Gewinn verkauft.
Warum? Wegen dem demographischen Wahnsinn. Die Deutschen werden immer älter… Fachkräftemangel, wir brauchen dringen Zuwanderung… bla bla bla…

Ja eben, dass war der Grund… wenn ein deutscher Arbeitsloser sich nicht mehr für ein Hungerlohn verarschen lies, dann bombardierte die Allianz eben ein paar sogenannte „Schurkenstaaten", ein Teil der Bevölkerung bat aus Kriegsgründen um Asyl und schon haben wir die nächste willige Generation, die sich alles aber auch wirklich alles erzählen lässt…

Wie sprach doch neulich am Vorabend ein Herr Dieter Nuhr…
„Hat denn nicht Frau Wagenknecht Unrecht? Wo zieht es denn all die Flüchtlinge hin? Nach Russland? Nach China? Weit gefehlt, sie laufen dem Kapital hinter her um auch mal ein Stück des süßen Kuchens abzubekommen…."
So die Worte des Herrn Nuhr.

Doch entsprach es nicht der eigentlichen Wahrheit, dass der größte Teil der ankommenden Flüchtlinge eben viel Geld aufbringen mussten um ihre Flucht zu organisieren?

Diese Menschengruppe besaß also schon den Hang zum Kapital. Wer kein Geld besaß durfte nicht weg aus seinem kaputten Heimatland. Er oder sie musste bleiben und sich dem Schicksal selbst überlassen.

Das Kapital gewährte Asyl... willkommen in der schönen neuen Welt...

Die Arbeitslosenzahlen in den verbliebenen Ländern Europas hingegen stiegen immer weiter an, vor allem die Jugend traf es am schlimmsten. Der Süden, also das sogenannte „Armenhaus" Europas, diesen Länder wurde dann entsprechend nahe gelegt sich doch aus der EU und dem Euro als Währung zu verabschieden.

Ja genau, hier gab es ja auch nichts mehr zu holen.

Das Volk in diesen Ländern war ja schon ausgebeutet und den Reichen in diesen „Südländern" war doch egal wo sie ihr Geld parkten. Auch hatte man ihnen ja im Vorfeld bereits genügend Zeit gelassen um das sorgfältig „angesparte" außer Landes zu schaffen. Wo wurde dieses Geld geparkt? Natürlich in Deutschland.

Das war eben die Bedingung für einen gewissen Zeitvorteil, für die obere Riege des Kapitals. Von diesen Machenschaften gab es natürlich nichts in den gemeinen Medien zu lesen oder zu Berichten.

Diese politische Wildwestorgie mitten in Europa, war das nicht auch ein wenig Ostalgie? Jetzt gab es keine Mauern mehr, die den gemeinen Deutschen in den gezogenen Grenzen festhielt. Grenzen, die waren auch nicht mehr nötig, denn das Volk blieb längst freiwillig hier.

Wer mochte denn gern an Griechischen Stränden von einem wütenden Antideutschland-Mob verprügelt werden...

Sollte die Frage gestellt werden: „Hey... Motherfucker... are you from Germany?" Dann lieber fix die Antwort: Nene... I am from Österreich..."

Letztere Antwort jedenfalls war für die Gesundheit die angenehmere Alternative.

Und den Deutschen? Denen war es doch egal was die Wohlhabenden zum Beispiel in Griechenland mit ihrem Geld veranstalteten.

Dem „Reichen" Griechen zum Beispiel, ließ man ja monatelang Zeit um gesammelte Goldbarren außer Landes zu schaffen, bevor eine Regierung erste Maßnahmen zur Kapitalflucht umsetzte.

Hierzulande gab es ja die faulen Arbeitslosen, auf die man nach Belieben herum Prügeln konnte. Also schon wieder eine Gruppe des Volkes auf denen man mit dem Finger zeigte.

Fehlte nur noch das Staatlich verordnete obligatorische „A" sichtbar an der Kleidung angebracht, um Arbeitslose Menschen dann auch noch Visuell zu Stigmatisieren, dann wären wir wieder da, wo wir schon einmal waren.

Jetzt hätte ich es beinahe übersehen...

Stigmatisierung gab es ja schon längst... wem eine dieser Sanktionen größer als 30 Prozent auferlegt wurde, bekam Lebensmittelgutscheine... und durfte mit einem Din A vier Blatt im Supermarkt einkaufen gehen, damit es jeder mitbekam.

Was für eine diktatorische Schweinerei...

Nicht zu glauben...

Und noch ein Merkwürdikum, ein Schelm, wer böses schon längst im Schilde trug... einem potentiellen Steuerhinterzieher der sich durch seine Handlungen strafbar machte und schon im Visier der Ermittler stand, da wurde vorsorglich mit einer gekauften Steuer „CD" gewedelt und die oder der Jemand durfte sich kurzerhand und mittels Selbstanzeige, nennen wir es „Freikaufen", jedenfalls zu einem gewissen Teil.
Noch einmal... dieser Jemand hatte bereits rechtswidrig Steuern hinterzogen.

Die Straftat war also schon begangen!!!!!!

Einem Arbeitslosen hingegen wurde bereits bei Antragstellung vorgeworfen, er wäre ein Täter, ein Sozialbetrüger und musste sofort und lückenlos beweisen das er wirklich und unwiederbringlich Mittelos war!!?? Des Arbeitslosen Straftat lag also darin, einfach nur Arbeitslos zu sein...

War das denn noch zu fassen? Und das im neuen Jahrtausend?
Eine Steuererklärung abgeben um finanzielle Mittel, die man eigentlich nicht unbedingt benötigte, wieder zu bekommen oder eben einen Antrag auf Arbeitslosengeld zwei zu stellen, weil man sonst verhungern würde, waren demnach zwei unterschiedliche Paar Schuhe. Beides musste unterschrieben werden. Nur, die Steuererklärung wurde einem Abgekauft, sie war ja unterschrieben.
Den Arbeitslosengeld zwei Antrag hingegen, der ja auch unterschrieben wurde, hier musste jeder Antragsteller auf perfidester, ekelhaftester Weise nachweisen, dass er denn auch berechtigt war etwas zu bekommen.
Hier wurde also mit zweierlei Maß gemessen.
War das noch mit dem menschlichen Verstand zu erfassen? Dieser Blödsinn zu begreifen oder mit Worten zu erklären?????????????

Gehörten nicht zwangsläufig diese Menschen, die sich so etwas ausdachten in den geordneten Regelvollzug oder zumindest unter einer gewissen Beobachtung????

Waren es nicht genau diese Menschen, an den Schreibtischen, die auch, wie in der letzten Diktatur, *„nur ihren Job machten"* und später von Nichts wussten???????

Wie es immer wieder aus diesen Arbeitslosenverwaltungscentern hallte... wir machen doch die Gesetze nicht...

Doch wer war denn schlimmer... derjenige der diese Gesetze erfand, oder derjenige, der die Gesetze durchpeitschte? Jeder mache sich seine eigenen Gedanken.

Was erzählten diese „Menschen" hinter den Schreibtischen eigentlich ihren Kindern? Sie streichelten Morgens beim Verlassen des Hauses ihren Kindern über den Kopf um Augenblicke später den Arbeitslosen in den Wahnsinn zu treiben und ein System damit zu unterstützen in dem Suizide obgleich der willkürlichen Drangsalierungen an der Tagesordnung war.

Doch nicht nur Jammern, sondern bitte Lösungen auf den Tisch...

Hier eine erste...

Zur Finanzierung, oder sagen wir Teilfinanzierung dieses verbesserungswürdigen Systems, wäre es da nicht möglich, jedem aber auch wirklich jedem, der von allgemeiner Arbeitslosigkeit profitierte zur Kasse zu bitten?

Abertausende mehr oder weniger gut ausgebildete Mitarbeiter in den Jobcentern. Dazu kamen die Mitarbeiter und „Chefs" in den Zeitarbeitsfirmen.

Mitarbeiter in Profilingbüros, Mitarbeiter und Vorgesetzte in Arbeitsbeschaffungsmaßnahmen, Firmen die von Arbeitslosen Profitierten und so weiter.

Nicht subventionieren, sonder zur Kasse bitten.

Alles in allem gut eine Millionen Menschen die von der Arbeitslosigkeit einen Nutzen zogen.

Jeder von ihnen zahlte (in diesem kleinen Gedankenspielchen) gut -Dreikommafünf Prozent seinen Nettogehaltes, also im Schnitt sagen wir mal fünfzig Euro. Das wären auf das Jahr gerechnet gut sechshundert Millionen Euro.

Ein kleiner Beitrag des Dankes, für den geliebten Arbeitsplatz... dem Arbeitslosen sei Dank... oder etwa nicht?

Und, zu aller Erst lassen wir doch bitte einmal diese menschenverachtenden Sanktionen weg.

Vor nicht all zu langer Zeit, gab es einen Anreiz zur Arbeitsaufnahme. Heute gab es eben Arbeitsanreize in Form einer Sanktion, bis zum völligen Wegfall des Existenzminimums.

Dieses im Gesetzt verankerte Existenzminimum stand jedem Bürger zu der bedürftig war und sollte eben jenem Bürger gezahlt werden der kein Einkommen mehr besaß... und doch konnte man es einem wegnehmen... einfach so...

Was für eine gesellschaftliche und politische Leistung... hurra... einfach unglaublich.

Im dritten Reich oder bei Dschingis Kahn wäre dieses Schauspiel, was sich täglich in diesen sogenannten Jobcenter abspielte, eine Belustigung des Volkes, doch befinden wir uns mittlerweile weit im einundzwanzigsten Jahrhundert.

Wobei einige Politiker noch nicht im neuen Jahrhundert angekommen waren.

Die Verfassung, das Grundgesetz, dass war das oberste Gebot und musste strikt befolgt werden.

Keine Frage, dass war auch richtig so.

Doch warum wurde dann bei den Menschen, die vor dem Abgrund standen, das Grundgesetz ausgehebelt?

War diese Vorgehensweise etwa ein Spielchen? Ein Zeitvertreib für das Volk der Gutverdienenden?

Sollte diese große Gruppe der unteren Einkommen, dazu zähle ich auch Rentner die immer noch unter eintausend Euro Rente beziehen, (Armutsgrenze... und das im Jahr 2015!!!) nicht stärker unterstützt werden, geschützt werden?

Die menschliche Lernphase steckte in der heutigen Zeit noch in den Kinderschuhen oder hing immer noch im tiefsten Mittelalter fest. Wählerstimmen gewann man eben mit Unterdrückung und Drangsalierung, nicht mit Hilfe, Wärme und Gerechtigkeit.

Wir sind mal wieder das falsche Vorbild. Wieder die Peitsche Europas, wieder die Unterdrücker.
Nichts gelernt aus der Geschichte... leider...
Eine Vielzahl der Deutschen brauchte immer jemanden auf dem man mit dem Finger zeigen konnte, um von seiner eigenen Dummheit abzulenken.
Ich habe jedenfalls Angst, Angst davor, was in diesem Land und zum Wohle der Bevölkerung als nächstes geschah...
Denn alles konnte wunderschön geredet werden, alles. Und das verstanden sie besonders gut, unsere Damen und Herren Politiker.

Wie sagte einst der selbsternannte „Schreibknecht Gottes" Jakob Lorber... „Der Satan selbst, ist der Großmeister aller Politik"... und das um Achtzehnhundert-fünfzig.

Armes dummes Deutschland.

XXX

Nach einer Weile löste sie sich von dem nebligen Buchstabensalat der vor ihren Augen verschwamm, die lähmende Müdigkeit griff mit großen Klauen nach ihr, Bettina gähnte ausgiebig das es im Kiefer laut knackte.

Den überwiegenden Teil seines Schreibwerkes überflog sie nur, ihr Wissen um diese Materie hielt sich in Grenzen und interessierte sie nicht besonders, obgleich er bei einigen Ausführungen doch recht hatte oder sie beipflichtend mit dem Kopf nickte.

Eines war jedoch durchaus merkwürdig.

Zum Schluss seiner Aufzeichnungen gab es eine Zahlenkolonne.

3-9 3-4 1-5 2-17 3-4 1-4 1-14 4-5 6-2 6-27 4-5 4-2 5-8 4-2
3-12 3-26 3-23 6-15 4-2 3-23 16-1 8-7 11-6 16-36 4-5 10-23
4-3 11-5 10-5 15-17 15-29 5-9 7-15 2-29 7-15 8-2 12-12
13-2 15-16 7-41 4-3 7-16 4-7 3-24 6-31 7-3 10-1 7-10 13-6
16-18 8-32 6-5 3-33 1-1 1-5

Vielleicht Verse aus der Bibel? Oder die Lottozahlen?

Bei dem irren Typ war ja alles möglich. Bettina entschloss sich später noch einmal mit der Materie zu beschäftigen und jetzt erst einmal etwas zu schlafen.

XXX

Kapitel 6   Seelensammlerin

War es denn zu fassen?

Stunde um Stunde sich um die Ohren gehauen, sich Gedanken gemacht, getüftelt, organisiert, gehofft das alles einen reibungslosen Ablauf nahm.

Und sie verschlief ihr Date...

Diese Rendezvous, auf das sie sich so freute, sich nach so unendlich langer Zeit wieder hemmungslos lieben, ohne Reue, ohne lästige Fragen... und natürlich nicht zu vergessen, dass gewisse Etwas...

Sie lächelte bei dem Gedanken.

Er zeigte sich kooperativ nach ihrem Anruf.

Er, das war Harald Förster, ihr „Mitternachts Tete-a-Tete". Sie verabredeten sich auf dreiundzwanzig Uhr dreißig und Katharina war pünktlich. Keine Menschenseele begegnete ihr, bei ihrem Gang durch Helgolands Gassen.

So stand sie also vor der Inselpension und wartete das er ihr öffnete. Das Gewitter in ihrem Kopf wurde immer gefährlicher, nahm an stärke zu und rief ihr den eigentlichen Grund ihres Hierseins ins übrig gebliebene Gedächtnis. Sie tastete nach ihrer schwarzen Ledertasche, drehte sich noch einmal um, blickte zum Sternenhimmel hinauf und plötzlich wurde die Haustür aufgezogen.

>Oh, hallo Katharina, bitte komm herein, du glaubst nicht wie ich mich freue dich zu sehen...< Harry nahm sein Internetdate in den Arm und spürte ihre erhitzte Haut durch den dünnen Seidenstoff ihres atemberaubend super kurzen Etuikleides. Sein Abenteuer trug nur das Kleid, ein schwarzes Täschchen, ihre über-proportionierte Schminke, und ein Hauch von Parfüm das ihm die Sinne benebelte. Bei diesen Temperaturen brauchte sie keine Jacke, geschweige denn einen Mantel. Harald überragte sie um gut eineinhalb Köpfe, aber das machte ihm nichts aus. Seine Augen tasteten ihren Körper ab und fanden nichts was es auch nur im Ansatz auszusetzen gab.

>Hallo...< nur das eine Wort kam über ihre Lippen, denn sie zeigte sich erstaunt über die unglaubliche Ähnlichkeit zu einem ihrer Verflossenen, oder vielmehr Verstorbenen...

Harald Förster war beinahe gleich groß wie Kurt Hallbacher... auch Haralds spärlicher Kopfbewuchs ähnelte Kurt. Sie kannte Förster ja nur von Fotos auf denen er eine Cap trug, jetzt wusste Kathi auch warum.

Ein Begrüßungskuss traf schmatzend ihre linke dann die rechte Wange, sie tat es ihm gleich, bemerkte dabei das er wohl auf die Mühe einer anständigen Rasur verzichtet hatte, vielleicht zu wenig Zeit, oder einfach zu faul der gute... und Harry gab den Weg ins innere seiner Ferienwohnung frei.

>Zum Wohnzimmer geht es nach oben, am Ende des Ganges... bitte nach dir...< sagte er, Kathi schritt voran und lächelte wissend als sie vor ihm die schmale Holztreppe erklomm.

Das sanfte Muskelspiel ihrer schlanken Waden bei jedem ihrer Schritte blieb Harry trotz der miserablen Beleuchtung nicht verborgen. Das Kleid spannte sich frivol um ihr Gesäß und er war der Meinung, ja, kein Zweifel... da, es blitzte wieder auf...

Sein Internetdate trug ein Hauch von Nichts unter dem Kleid.

>Mein Gott...< Harry schluckte hastig seine Flüssigkeitsansammlung herunter...

>Du trägst ja nichts darunter... ich...< es verschlug ihm die Sprache und Kathi musste laut auflachen, wie einfach es doch war einen Mann zum Schweigen zu bringen...

>Enstpann dich mein Liebster... ich möchte dir doch etwas bieten... aber zu erst möchte ich mit dir anstoßen... wo darf ich mich setzen?<

>Wow... jetzt hast du mich überrascht, du siehst wundervoll aus... überall natürlich... ach ja, setzen, bitte dort...< Harald stieß seinen Finger in Richtung der alten Cord überzogenen Couch, einem Überbleibsel aus den sechziger Jahren.

Mit zittrigen Fingern zog er die Flasche Champagner aus dem Kühler und versuchte sie zu öffnen.

Diese Aktion gelang ihm erst nach einer gefühlten Ewigkeit und es dauerte ein gefühltes Zeitalter bis die Gläser endlich gefüllt waren.

>Auf dich, auf uns... du hast mich wirklich umgehauen... und ich habe mich benommen wie ein junger Bursche......< vorsichtig atmete er aus, schluckte, bevor er über sich selbst lachte und damit versuchte sich seiner Unsicherheit zu berauben.

Er war wie Wachs in Katharinas Händen, süß wie Harry da stand und zittern aus seinem Glas trank, oh... es würde eine wundervolle Nacht werden.

Die kreischende Motorsäge in ihrem Kopf, der Singsang einzelner Kettenglieder die sich langsam in blankes Metall fraßen... ihre heilige Aufgabe sollte nun vollbracht werden...

>Zum Wohle mein Liebster Harald... ich hoffe ich werde dich auch mit meinen weiteren Talenten umhauen...< erwiderte Kathi, lehnte sich entspannt zurück, es sollte jedenfalls so aussehen, ihr Kleidchen verrutschte dabei noch ein sündiges Stückchen mehr, verlagerte elegant die Position ihrer Beine, leerte den Inhalt des Glases in einem Zug und hielt verlangend ihr leeres, schmales Kristallgefäß in seine Richtung.

>Hättest du die Güte nach zu füllen?<

Seine Augen wurde zum zweiten Male groß, hui... sie schlug ihre unglaublich schlanken Beine übereinander und präsentierte ihm nun und ohne Scham ihre pure gewachste Weiblichkeit. Bevor er nachfüllte nahm Harry schnell selbst einen kräftigen Schluck der trockenen Prickelbrause, seine Stimmbänder verwandelten sich bei diesem Anblick blitzschnell in eine öde Wüstenlandschaft.

Da versuchte er alles um eine Frau kennen zu lernen. Belegte Kochkurse in der Volkshochschule, machte sich zum Affen in diversen Tanzschulen, alles umsonst. Und nun das hier, so einfach. Nur ein kurzes Anmelden im Internet, diese Datingsite, Galaxy of Love... beinhaltete eine unglaublich große Auswahl an hübschen Frauen, Harry war sofort begeistert und mit dieser Frau, mit Katharina hatte es ja auch sofort geklappt.

>Ein schöner Stuhl... ist der stabil?< fragte sie ihn, ihre Stimme klang rau und lüstern, hielt ihm abermals das längst geleerte Glas entgegen.

>Der Stuhl? Ah, du meinst den Schaukelstuhl... nun, ich denke schon, er sieht jedenfalls stabil aus, ich habe auch schon auf ihm geschlummert und... ja, jetzt verstehe ich dich... also worauf du hinaus möchtest... oh man, ich bin wirklich von gestern... oder unheimlich schwer von Begriff wie?< er lachte wie eine rostige Ölkanne und füllte ihr Glas bis zum Rand. Er stand direkt neben ihr, Kathis Duft wurde immer intensiver und es gesellten sich ihre weiblichen Feromone dazu.

Seine Knie wurden weicher als weich und es fing an sich in seiner Hose zu verhärten, so explosionsartig, dass er seine Lippen aufeinander pressen musste um nicht laut zu stöhnen.

>Was meinst du mein Liebster, du auf dem geräumigen Schaukelstuhl, natürlich nackt und ich kümmere mich dann um dich...< vor lauter Lust fiel es Kathi immer schwerer zu sprechen.

>Wenn du meinst, also das gern möchtest... jaja... warum nicht... ich also... ich ziehe mich mal aus... aber ich bin eher Waschbär, nicht Waschbrett, also nicht enttäuscht sein...< stotterte Harry und seine Wangen nahmen den Farbton einer gerade untergegangenen Sonne an.

>Da mach dir mal keine Sorgen liebster... dein Aussehen ist mir egal... etwas anderes ist mir viel wichtiger...<

Ihre Hand fuhr sanft über die warme Schwellung einer bestimmten Region seiner Shorts und nun entfuhr es seinem Mund ein tiefes Stöhnen. Harry war soweit, es musste nun etwas geschehen, sonst platzte mit lautem Knall seine Fabrik für Fortpflanzungsmaterialien. Weg mit den Kleidungstücken... er setzte sich auf das alte Schaukelmöbel, lehnte sich zurück und wartete auf sie.

Ihr Kleid war dem Verbrennungstot nahe, so glühend heiße Haut, so feucht so lustvoll... sie zog es über ihren Kopf, warf es achtlos zu Boden.

>Sag, hast du irgendwo ein Tuch, ein Halstuch vielleicht? Ich benötige ein süßes Hilfsmittel, ich mag es wenn ich dir die Augen verbinde, dass ist sexy und macht mich total heiß... < sie ließ sich auf die Knie fallen, krabbelte auf ihn zu und küsste seine Oberschenkel in gefährlicher Nähe zu seinem stark nach faulen Kartoffeln duftenden Türmchen aus prallem Fleisch und Blut.

>Oh, da muss ich dich enttäuschen, dafür ist es viel zu warm stöhnte er...<

>Nicht schlimm, dann nehme ich eben mein Kleid... ist das Ok?<

>Jaja, klar ist das Ok...mach mach...<

Katharina rollte ihr Kleid zusammen und band es ihm um seine Augen, umfasste nun hart seine wie in Stein gemeißelte Männlichkeit und ließ ihre Hand zwei drei Mal auf und ab gleiten.

>Ist es so gut? Sitzt es zu eng?< Katharina lächelte und begann zu zittern vor Erwartung, vor Erregung.

>Oh Hammer, es ist verdammt gut... alles gut... mach weiter mit dem was du mit mir vor hast... bitte bitte...<

>Du bettelst, das ist gut, das spornt mich an...< sie grinste, fasste in ihre Ledertasche und zog lässig den Totbringer heraus, ging zu ihm, setzte sich halb auf ihn und ließ sein bestes Stück langsam so tief in sich gleiten, bis Katharina vollends auf Harrys Beinen saß.

Harald Förster quiekte auf wie ein Schwein vor dem Gnadenschuss. Er sabberte vor Erregung.

Seine Hände suchten Kathis warme Erhebungen, die er fand und wild knetete.

Der Wind frischte auf und fuhr durch das geöffnete Fenster des kleines Wohnzimmers. Schwarze Wolkentürme verdrängte das Licht der funkelnden Sterne, Blitze zuckten aus den dunklen Ungetümen zu Boden wieder und wieder...

Die längst ergraute Kordel lag schnell um seinen Hals, was ihm nicht verborgen blieb.

>Hey, was hast du vor... du drückst mir die Luft ab, willst du mich erdrosseln?< kam es gepresst aus seinem Mund.

>Dich erdrosseln?< Katharina lachte so laut auf, dass sie sich selbst erschrak und dieser Schreck war ein Startsignal, kein Signal für abgrundtiefe Leidenschaft, eigentlich genau das Gegenteil. Ihr wurde Schwindelig, die Kraft verließ sie. Die Morphintabletten wirkten nicht mehr oder der getrunkene Alkohol zusammen mit den Tabletten sorgte langsam für einen derben Kreislauf-zusammenbruch, gegessen hatte sie auch nicht sehr viel, dass sollte sich nun rächen. Sie musste sich demnach beeilen.

Die Kordel zog sich zusammen, quetschte seine Kehlkopf, schob ihn nach innen und nahm Harald Förster zusätzlich die Luft die er benötigte. Kathi schrie auf, zog an den Kordelenden aber es reichte nicht.

Harry stemmte sich sofort gegen sie, versuchte sich zu befreien, gab ihr einen brutalen Stoß der sie endlich von seinem Schoß katapultierte, er riss sich das Kleid von den Augen, konnte nichts erkennen, alles war verschwommen, er hustete.

>Wo bist du, was hast du vor du Nutte, bist du denn völlig bescheuert?< versuchte er sie anzuschreien, doch mehr als ein Krächzen kam ihm nicht über seine Lippen. Sie stemmte sich umständlich hoch, nahm dabei den wackeligen Tisch zu Hilfe, umfasste fest den schmalen Hals der leeren Sektflasche die noch Sekunden zuvor poltern auf die Tischplatte fiel, machte einen Satz nach vorn und schlug ihm das Gläserne Teil mit voller Wucht vor die Stirn.

Es war das sofortige Aus für Harald Förster. Er zuckte noch ein paar Mal wie ein frisch geschossener Rehbock.

Katharina setzte sich wieder auf ihren gerade eroberten Liebespfahl, nur die Härte ließ zu wünschen übrig und schlug ihm dafür kreischend mehrere Male ins Gesicht, erdrosselte ihn anschließend mit der nun Hell leuchtenden Kordel.

Sie befriedigte sich an ihm, so wie sie es immer machte, breitete ihre Flügel aus, sprach mit ihrem Meister und huldigte den Hohepriester der Etrusker.

>Ich bin Vanth, Dämonin der Unterwelt... hier bringe ich euch ein weiteres Opfer... eure untertänigste Dienerin...< sprach sie erstickt und ließ sich zur Seite fallen.

Ein paar Minuten brauchte Katharina Ruhe, nur etwas ausruhen...

Der Halbstundenschlag der Schwarzwalduhr erweckte sie aus den tiefsten Abgründen ihrer Seele... Katharina fühlte sich so furchtbar elend. Irres Getöse in ihrem Hirn, in ihren Ohren saß ein unbekanntes Etwas und flüsterte böse Worte.

Laut dem Krachmacher an der Wand gegenüber bewegte sich der größere der Zeiger langsam auf vier Uhr zu. Bald müsste es Dämmern und ihr Blick aus dem Fenster bestätigte ihre Vermutung. Ein blasser Lichtstreif am Horizont kündigte bereits den nächsten sonnenhungrigen Morgen an.

Eine Handlung sollte noch vollzogen werden, eine heilige Handlung...

Katharina öffnete erneut ihre Tasche und suchte nach dem nächsten Gegenstand den sie benötigte.

Ein im spärlichen Licht blitzendes Fleischermesser löste die längst verblasste Kordel ab.

Auch wenn ihre Kraft sich dem absoluten Nullpunkt näherte, so war „Das" was nun kam einfach unumgänglich.

Sie schnitt ihn emotionslos auf und entfernte gekonnt seine Leber. Katharina praktizierte Haruspex, die Leberschau, die den Zustand der Welt widerspiegeln sollte.

„Vanth" betrachtete das Stückchen Mensch und war zufrieden mit der Form und der Struktur der Oberfläche des blutenden Fleischstücks.

>Oh ihr wahren Götter dieser Welt, diese Hürde habe ich für euch genommen, den Berg der heiligen Verdammnis erklommen und werde meine weiteren Aufgaben mit williger Hingabe erfüllen... seid bei mir wenn ich euer Reich endgültig betrete und gebt mir die Kraft um mein nächstes Ziel zu erreichen...< summte Kathi im Singsang vor sich hin, wobei ihr nackter Körper von links nach rechts schwang.

Minuten später drängelte sich die scheinbar wahre Welt in den Vordergrund ihrer verdunkelten Seele.

Hastig warf sie sich das Kleid über, packte das Stück Eingeweide in eine Plastiktüte, legte ein Bild auf seine Oberschenkel, stieß lachend den Schaukelstuhl an und verschwand aus der Ferienwohnung.

Ihre nächste Aufgabe wartete bereits, und darauf freute sie sich am meisten...

XXX

Jeder verdammte Tag glich dem der gerade zu Ende ging. Der Seelenschmerz saß tief und fest, und er war kaum noch zu ertragen. Keine Zweifel mehr, sie hatte sich völlig, total und abgrundtief... in ihm getäuscht. Sein wahres Gesicht zeigte er ihr nach ein paar Wochen der Zärtlichkeiten und zauberhafter Liebe.

Es war gemein, brutal, böse. Seine Eifersucht, völlig unbegründet. Sie hatte ihn geliebt und niemals wäre sie auf die Idee gekommen ihren Tom wegen eines Anderen zu verlassen. Doch ihr blau geschlagenes Auge, dazu der physische Schmerz, waren letztendlich zu viel und so schmiss sie ihn unter Polizeiandrohung raus. Eine weise und richtige Entscheidung, dass waren die Worte ihrer besten Freundin.

Der alte Juni lag bereits im Sterben.

Die Morgenluft schmeckte nach trockenem Sommer und staubigen Autoabgasen. Isabella versuchte tief durchzuatmen, keuchte, hustete und wischte sich mit dem Handrücken den wässrigen, beinah fingerdicken Schweißfilm von der Stirn. Ihre Waden schmerzten furchtbar, ihr Herz raste, sie fing zu zittern an. Die Welt schien sich für einige Momente um sie herum zu drehen, Sterne tobten in ihren Augen und verglühten so schnell wie sie entstanden.

Für heute reichte es mit dem Lauftraining, sie blieb stehen, beugte sich nach vorn und stützte sich mit ihren Händen auf ihre Knie ab, versuchte so ihre Atmung unter Kontrolle zu bekommen und ihren Puls zu beruhigen.

Isabella musste nach Hause, sie hatte sich bei dem heutigen Lauf doch etwas übernommen und dabei komplett ausgepowert.

Mit ihrem Seelenheil stand es nicht zum Besten und mit dem fast täglichen „Townrunning" versuchte Isa etwas Ordnung in ihr Gedanken und Gefühlschaos zu bekommen. Doch das war eben leichter gesagt als getan. Sie musste ihn irgendwie vergessen, sonst würde sie irgendwann verrückt werden. Nitrat getränkte Tränen liefen ihr aus den geröteten Augen als sie an ihn dachte.

Acht Wochen lag die Trennung nun schon zurück. Er fehlte ihr, trotz seiner täglichen aggressiven Wutausbrüche.

Diese verfluchte Vertrautheit, seine zärtliche raue Männlichkeit, seine weiche einfühlsame Stimme, seine beharrten Beine... sexy wie sie fand. Er überraschte sie immer wieder, wie lieb er doch sein konnte. Dann schlagartig wieder das genaue Gegenteil.

Isabella versuchte ihm zu helfen wo sie nur konnte oder versuchte es jedenfalls.

Auch eine Therapie riet sie ihm an, doch ohne Erfolg, da biss sie auf Granit. So blieb Isa nichts anderes übrig als sich zu trennen.

Es war eine wundervolle grausige Zeit... eine Beziehung der Hassliebe... doch schon vorbei, bevor sie begann...

Stimmte es denn, dass man nur an die schönen Momente in einer Beziehung denken musste? Nach einer Trennung?

Die gruseligen Momente, sein hässliches Gesicht mit den teuflischen Augen... das alles wurde verdrängt, spielte keine Rolle.

Schweiß und Tränen vermischten sich, brannten in ihren wunderschönen blauen Augen, ihr Blick verschwamm für einen Moment.

Isabella Wagner wohnte im Südwesten der Niedersächsischen Landeshauptstadt Hannover, nähe den Herrenhäuser Gärten. Sie arbeitete halbtags im Großraumrechenzentrum der hiesigen Landesversicherungsagentur.

Eigentlich hatte sie vor gehabt, ihren Job an den Nagel zu hängen und fort zu gehen.

Vielleicht fehlte ihr noch der letzte Auslöser oder etwas Mut um diesen Schritt zu wagen.

Finanziell brauchte sich Isabella keine allzu großen Gedanken machen, jedenfalls im Moment nicht.

Nach dem plötzlichen Ableben ihres Großvaters vor zwei Jahren, erbte sie ein kleines bescheidenes Vermögen und wäre im Ernstfall in der Lage, eine Zeit lang von den Zinsen des angelegten Geldes zu leben. Kein Leben in Saus und Braus, doch würde es reichen um vorerst ihren Lebensunterhalt zu sichern.

Kinder besaß sie keine und mit ihren zweiundvierzig Jahren mochte Isabella sich auf so ein Abenteuer auch nicht mehr einlassen. Nein, sie bereute es nicht keine Kinder zu haben.

Die wenigen restlichen Meter zu ihrer Wohnung ging Isa sehr langsam und versuchte nicht mehr an „ihn" zu denken. Der warme Morgenwind trocknete den salzigen Schweiß auf ihrer Haut, hinterließ dabei einen klebrigen, schmierigen Staubfilm. Den penetranten Geruch ihrer Achseln jedoch war er nicht in der Lage hinfortzublasen.

Noch einmal rechts abbiegen, den schmalen Volkssteig mit dem noch schmaleren Fahrradweg entlang, und da befand sich auch schon der Eingang des Wohnhauses. Des Nachbars Köter bellte Isabella wie ein verrückter an, wie immer wenn er draußen am Baum kurz angeleint war und sie zeitgleich vom Laufen zurück kam. Vielleicht zwickten dem Bello die Flöhe oder die wärme stieg ihm in sein unterbelichtetes Erbsenhirn. Dieses Mal tat es ihr gut, so holte der irre Wuffi Isa in die Gegenwart zurück.

Doch der Köter lenkte sie wohl zu sehr ab, denn Isabella schaute nicht auf den Boden in ihrer unmittelbaren Nähe und trat wie es eben kommen musste, in die größte „Dogwurst" die sie bis dato jemals gesehen hatte. Frisch gelegt, als wäre dieses wurstartige Ding direkt aus des Metzgers Bude entsprungen, so lag das geleeartig überzogene hellbraune, dampfende Exkrement eines gerade entleerten Hundedarmes da und Isa trat natürlich voll hinein...

Scheisse...

„Das darf doch nicht wahr sein..." dachte sie und warf einen lauten Fluch in Richtung Hund, der das Schimpfwort wohl verstand, denn er hörte sofort auf zu bellen. Die Bellerei musste demnach eine Warnung gewesen sein... *„Vorsicht, da liegt was von mir..."* Musste sie sich jetzt bei dem Flohzirkus entschuldigen?

Den kontaminierten Schuh zog sie sofort aus, stocherte anschließend mit angeekelt verzogener Mine und mit einem kleinen herumliegenden Ast bewaffnet in der Soße herum, um wenigsten den größten Teil der Seuche zu entfernen, was ihr auch ganz gut gelang.
Der gerade eintreffende, ihr ein wenig zu gut gelaunte Postbote stellte sein Drahtesel einen Hauseingang weiter ab und grinste Isabella an.

>Das bringt aber mächtig Glück was?< sein Zeigefinger wies in Richtung ihres Schuhs.

>Ja klar..< brummelte Isa kurz zurück und kramte mit der linken Hand umständlich ihren Hausschlüssel hervor.

Erst nach dem dritten Versucht traf sie das Türschloss, drehte den Schlüssel und schubste die Eingangstür auf, sie flog nach Innen und krachte etwas zu laut gegen die Wand.

Jetzt waren noch dreißig Stufen bis zur zweiten Etage zu bewältigen. Schwerfällig stapfte sie die kalte Steintreppe hinauf.

Der letzte Absatz, sie hörte wie jemand eine Haustür aufschloss und sah nach oben.

Ihr Nachbar Carl linste über das Treppengeländer und flötete ein gut gelauntes „Guten Morgen Isabella".

>Hey... wie siehst du denn aus? Hat man dich beim Joggen überfallen?< lachte er ihr entgegen.

Irgendwie überkam Isa ein Gefühl, als hätte er schon wieder auf sie gewartet und musste Lächeln. Hartnäckig der Mann, er gab wohl nie auf...

>Nein nein... war nur etwas zu viel heute. Und hier... darfst schnuppern... rate bitte welche Art von Tier unten zum X-ten Mal alles zugeschissen hat.< mit ausgestreckten Arm sie hielt ihm ihren duftenden Schuh hin.

>Bäh... ne lass... ich weiß schon wen du meinst. Achims Töle, ja klar. Ich werde mit ihm reden wenn ich den Herrn das nächste Mal sehe und ihn auch lieb von dir Grüßen...<

>Ok, dann mach das bitte... aber sei nicht zu nett, sonst ändert sich nie etwas.... so, ich werde jetzt Duschen gehen und ab auf die Couch, den Samstag genießen.<

>Hey, so ähnlich werde ich auch verfahren. Entspannt Chillen, ohne Stress den Abend genießen, genau. Also... wenn Du jemand zum Rückenschrubben brauchst... ich bin daheim, einfach Klingeln...< flüsterte er, zwinkerte abwechselnd kurz mit dem linken, dann mit dem rechten Auge oder zuckte das rechte Auge nur vor Nervosität... und verschwand übereilig in seiner Wohnung, wobei der Türrahmen ihn ein wenig festhielt. Isabella schüttelte den Kopf und lächelte wieder. Was für ein Tollpatsch... dieser Kerl, nicht zu glauben.

Sehr sympathisch aber total verklemmt, jedenfalls ihr gegenüber. Das er sich zu dieser letzten Äußerung hinreißen ließ, verwunderte sie ein wenig.

Vielleicht wurde er mutiger, tastete sich weiter vor. Warum auch nicht.

Carl war nicht hässlich, ganz im Gegenteil. Schlank, recht gut gebaut, etwas größer als sie, dunkelbraunes, längeres Haar... er konnte sich durchaus sehen lassen.

Die letzte Stufe.

Leckerer Kaffeegeruch schwängerte den Flur, musste wohl aus Carls Wohnung geströmt sein. Der schmackhafte Duft löste sofort ein knurrendes Hungergefühl in ihrer Magengegend aus. Ein heißes Milchkäffchen und ein Croissant, dass hatte sie sich jetzt verdient.

Die Dusche war jedoch zuerst an der Reihe. Vom Straßenstaub befreit, sauber und ohne penetranten Schweißgeruch ließ es sich mit Bestimmtheit entspannter Frühstücken.

Die weißen Turnschuhe stellte Isa an der Garderobe ab, den einen Schuh mit der braunen Pampe legte sie vorsichtig auf die Schnürrseite, der Gestank war ekelerregend und eine Spezialbehandlung war in diesem Fall nicht zu umgehen.

Ihre Socken ließen sich ohne weiteres auswringen und fanden ihren Platz sofort in der Waschmaschine.

Dort landete auch ihre super enge Laufhose. Isabella schälte sich beinah aus dem feuchten Stoffstück, warf es sofort in die silberglänzende Trommel ihres Waschautomaten.

Ein dampfender Monsun ergoss sich aus dem runden Duschkopf, ertränkte die kalten Schmerzen in den Armen und Beinen.

Das heiße Wasser tat gut und es entspannten sich augenblicklich ihre Muskeln, sanfte Schläfrigkeit entstand zwischen ihren Ohren und es summte eine leise Melodie in ihnen.

Sie stellte das wärmende Nass nach einer Weile wieder ab und rubbelte sich mit einem Handtuch trocken, band es danach um ihr Haar.

Es klingelte...

Isabella erschrak, zog ihre Stirn in Falten.

Besuch hatte sie eigentlich nicht erwartet, dass Wochenende wollte sie allein verbringen, sich ganz ihrem Schmerz und einer Flasche Rotwein hingeben... oder wie auch immer.

Ein weißer Frotteebademantel umschmeichelte nun ihren gut austrainierten Körper und ging gut duftend zur Eingangstür.

Ihre nackten Füße küssten dabei den weichen Hochfloorteppich und spähte durch den kleinen runden Türspion.

Carl stand vor der Tür, mit einem nicht gerade kleinen Paket in der Hand.

Irgendwie Süß wie er da stand, unter seinem linken Auge zuckte es, versuchte es krampfhaft unter Kontrolle zu bringen, total nervös der gute... das konnte er nicht überspielen.

Isabella musste wieder lächeln... es schmeichelte ihr *„Er mag mich wohl wirklich"* dachte sie, entriegelte die Tür und öffnete.

>Oh Isabella... möchtest du das ich einen Herzinfarkt bekomme?< er schloss verlegen die Augen, verdeckte sie zusätzlich mit einer Hand und streckte den anderen Arm nach vorn.

>Carl... wie oft denn noch... Isa reicht und du hast doch sicher schon mal ne Frau am Strand im Bikini gesehen? Ich habe sogar noch ein Bademantel an. So schlimm kann es doch nicht sein...<

>Dohoch... und es ist schlimmer... ich versuche gerade krampfhaft nicht daran zu denken, wie es darunter aussieht.

Jetzt weißt du es, ich bin unsterblich verliebt... in dich... und bitte nimm das Paket es ist sau schwer...< jammerte er und seine Wangen röteten sich, bei dem Gedanken an seine drei gehauchten Wörter einen Satz zuvor...

>Eine Frau hat es bei mir abgegeben, du warst wohl nicht zu Hause. Die übliche Postbotin die sonst hier erscheint und Pakete verteilt, war es nicht.

Die Frau kannte ich nicht, noch nie gesehen, muss aber wohl von der selben Firma sein, sie trug ein gelb-schwarzes Käppi... ich denke es ist wohl so in Ordnung, unterschreiben musste ich nichts.< er zuckte irgendwie hilflos mit den Schultern.

>Hmmm... ja. Ist schon ok... und wie du es ja selber siehst, die Dusche war schuld, hab nichts gehört...
Aber wieso schwer... ich hab mir vor drei vier Tagen nur ein paar Shirts bestellt, die wiegen doch nichts.

Merkwürdig...

Und über das Andere reden wir heute Abend, wenn Du nichts vor hast.< sagte Isabella mutig und wunderte sich im nächsten Moment über sich selbst.

>Das Andere? Was meinst du?<

>Na, Liebe und so? Deine Ansage vorhin... das bedarf einer Klärung...< Sie lächelte, nahm den gut verpackten Karton an und hätte ihn am liebsten sofort wieder fallen lassen.

>Hey, was ist da denn drin? Sind das Backsteine? Betonbaumwolle?< sie versuchte mit zu Schlitzen verengten Augen den Absender zu entziffern, ohne Lesebrille ein schwieriges unterfangen.

>Sag mal, habe ich mich überhört oder hast du mich gerade eingeladen?< Carl dehnte das Wort E-i-n-g-e-l-a-d-e-n ausgiebig.

Isa stellte das Paket im Flur ab, drehte sich wieder zu Carl und rieb sich den Rücken.

>Ja, ich hab dich eingeladen. Bring ne Flasche Merlot mit, oder was du gerade zur Hand hast, ich mach uns eine Kleinigkeit zu Essen.

Einundzwanzig Uhr und bitte pünktlich sein und natürlich nur wenn du nicht anderweitig beschäftigt bist.<

>Bin ich nicht... ich komme gern zu dir. Ein Wunschtraum geht in Erfüllung... und du pass bitte auf... vielleicht ist da ja ne Bombe drin. Bis später Isa.<

>Bombe? Male den gehörnten nicht an die Wand... aber ok, bis dann, ich freue mich auf dich.< Isabella schloss die Tür gekonnt mit einem schwungvollen Hinternschubser und „schleppte" das anonyme Paket mit dem unbekannten Inhalt ins Schlafzimmer. Das schwere „Ding" ließ sie auf das Bett fallen und begann es anschließend auszupacken.

Ein scharfes Messer und etwas Kraft waren nötig um den Paketkleber und die darunter eingeklebten Schnüre aufzuschneiden.

Ohne sich in die Finger zu schneiden, lag das Paket nun offen vor ihr und sie staunte nicht schlecht über den Inhalt, nach dem Entfernen diverser Styroporreste.

Eine runde, gut dreißig Zentimeter hohe und fast fünfzehn Zentimeter durchmessende schmucklose, silbrig-matt glänzende Metalldose, ohne Aufkleber oder ähnliches.

Sie ballte ihre Finger zur Faust und klopfte darauf. Es hörte sich seltsam dumpf an, nicht blechern. Also musste es sich um ein dickwandiges Material handeln.

Isabella schüttelte langsam den Kopf, kräuselte ihre Stirn und holte tief Luft.

Carls Worte kamen ihr in den Sinn. Eine Bombe? Sie lauschte... ein Ticken war nicht zu vernehmen.

Ein unbekannte Frau soll es geliefert haben.

Noch einmal versuchte sie den Absender zu entziffern. Keine Chance, total verschwommen, auch mit Brille nicht lesbar.

Vielleicht war es ein Geschenk eines ihrer Verehrer dieser Single- Dating Site im Internet. Zu Zweien dieser Herren hatte sie vertrauen gefasst und ihre Anschrift verraten.

Keine Erwachsene Vorgehensweise, dass wusste sie. Ein wenig Risiko musste sein, dass machte die Sache aufregender, und etwas kannte man sich ja schon.

Isa musste nun wissen was sich darin befand, versuchte hastig den Deckel zu fassen und zuckte genau so schnell wieder zurück.

Eine innere Stimme schien sie zu warnen...
„Nicht öffnen... nicht öffnen, lauf weg..."

Ihre Nackenhaare stellten sich aufrecht, ein kalter Schauer durchlief ihren Körper als Isabella nun doch voller Neugier den Deckel anhob.

Ihre Fingernägel krallen sich um den Deckelwulst, sie zog daran... ein saugendes, danach ploppendes Geräusch entstand. Gummiring, Unterdruck? Und?

Eine Jeans...

Genau, da lag sie. Wieder strömte ihr ein gewisser Kaffeegeruch in die Nase. Die Hose roch nach Kaffee... kaum zu glauben, ein Werbegag der Industrie?

Den schweren Metalldeckel legte sie behutsam ab und untersuchte mit den Augen das schwarze Stoffstück.

>Hmmm... keine Drähte.< flüsterte sie.

Mutig nahm Isabella die pech-schwarze Jeanshose aus der „Spezialverpackung", wie sie es nun nannte aber ein ungutes Gefühl blieb trotzdem und ihre Nackenhaare standen immer noch aufrecht. *„Mal sehen was Carl später für Antworten hat..."* dachte Isa, zog ihren Bademantel aus, ließ ihn über ihren Körper rutschen und achtlos zu Boden schweben.

>Warum lass ich mich eigentlich verrückt machen? Eine Bombe... ja klar.

Ausgerechnet ich. So was bescheuertes. Und jetzt zieh ich das Teil mal an, wenn du nicht passen willst, fliegst du unwiederbringlich in die Mülltonne.< sprach Isa mit sich selbst.

Vielleicht doch einer ihrer Verehrer? Eine falsche Anschrift? Die Frau war eine neue Nachbarin?

Diese Dinge schossen ihr durch den Kopf, als Isabella sich in die Jeans zwängte.

Die Hose passte wie aufgegossen. Knalleng, ließ ihr trotzdem die Luft zum Atmen, und auch die Länge passte... unglaublich.

Kein Fettpölsterchen drückte sich über den Hosenbund der Jeans. Nun, bei ihr mussten Pölsterchen auch erst erfunden werden.

Sogar ein Gürtel wurde mitgeliefert.

Schwarz, passend zur Hose, auch der war nicht zu lang, vielleicht einen Tick zu breit, die Schnalle gefiel ihr außerordentlich gut, kein eckiges Ding, oval und aus poliertem Messing.

Isabell tanzte vor dem Schrankspiegel auf und ab, freute sich dabei wie eine kleine Prinzessin.

Drehte sich, streckte ihren Po in den Spiegel, beugte sich nach vorn. *„Sitzt..."*

Endlich hatte mal was geklappt. *„Eigentlich müsste ich mir einen BH anziehen, sonst nichts und zu Carl rüber wackeln... hihi... dann fällt er um..."* dachte sie und lachte laut auf.

Vielleicht meldet sich ja noch derjenige, dem sie das gute Stück zu verdanken hatte.

Oder war es ein Geschenk ihres Nachbarn? *„das traue ich ihm durchaus zu..."*

Dann fiel ihr siedentheiss ein, dass sie ja keinen Slip trug, eigentlich noch eine klitzekleine Rasur benötigte und das *„Der Kerl"* ja um neun Uhr zu ihr kam.

Ihr Blick blieb auf ihre zwei festen Brüste hängen, deren Warzen sich recht angeschwollen zeigten und sich mutig nach oben reckten.

Sie straffte ihren Rücken, stellte sich auf die Zehenspitzen, ein warmer Impuls, ihr Herz fing an schneller zu schlagen, ein wohliger Schauer traf ihren Unterleib, bei dem Gedanken an ihn.

Genau das, was sie gerade in diesem Augenblick empfand, dieses Gefühl, dass hatte sie schon lang nicht mehr. Vielleicht war es doch gut das Carl zu ihr kam.

Nicht um „Das" zu tun, sondern einfach um Gesellschaft zu haben.

Um zu Reden, sich zu Unterhalten, mal wieder mit einem männlichem Wesen... und vielleicht doch „Das" zu tun? Isabella lächelte sich im Spiegel an.

Ihr Nachbar, dieser Kerl. Seit gut fünf Jahren wohnten sie praktisch Tür an Tür und verstanden sich bei ihrem ersten „Treppentreff" auf Anhieb sehr gut. Freundlich, zuvorkommend und höflich in jeder Situation.

Die Geschichten mit Tom bekam Carl ja allesamt mit. Er wohnte nun mal nicht weit weg.

Das Haus war einfach viel zu hellhörig, schlecht isoliert. Carl war es auch der sie des Öfteren tröstete und ihr lädiertes Auge, die aufgerissene Unterlippe gesund pflegte, nach der letzten großen Eskalation. Isabella spürte ihn immer noch.

Mit zitternden Fingern tupfte er ihr an dem betreffenden Abend eine Heilungversprechende Salbe auf die geschwollene Hautpartien, sie erinnerte sich noch sehr gut daran und lächelte abermals in den Spiegel.

Er gab sich wirklich Mühe, wie ein Doktor. Sanft, zärtlich aber auch streng, wenn es darum ging nicht immer an der Wunde der Lippe zu kratzen.

Ein Anker in dieser Chaotischen Zeit, dass war ihr Carl. Sie beugte ihren Kopf etwas nach vorn.

Ihr Haar umschmeichelte, umrahmte ihr hübsches Gesicht und legte ihrem gespiegeltem wunderschönen Gegenüber einen Finger auf die weichen Lippen, flüsterte dabei konspirativ...

>Keine unüberlegten Handlungen meine Liebste...<

XXX

Dieser Abend war irgendwie dunkler als die anderen Abende davor, Isa hatte jedenfalls den Eindruck als sie aus dem Fenster sah.

Sie stellte ein paar Kerzen mehr auf und zündete die großen weißen Wachssäulen an. Die Lasagne bruzzelte im Ofen auf kleinster Stufe vor sich hin, der Tisch war gedeckt. Es fehlte eigentlich nur noch der Rotwein und ihr Kerl... der Carl.

Umziehen wollte sie sich nicht mehr. Isabella liebte den Sportlook über alles. Nur ein wenig Schminke. Ihr Haar band Isa zum Pferdeschwanz. Die enge schwarze Jogginghose, einer Marke mit den bekannten drei Kontraststreifen in weiß, saß wirklich gut, ein enges weißes Seidenshirt mit Appetit anregendem Ausschnitt... fantastisch. Einen Büstenhalter brauchte sie nicht. Sie fand sich genau richtig proportioniert und das weit ausgeschnittene Shirt war auch nicht durchsichtig. Es sah süß aus, irgendwie, aber nicht nuttig. So musste es gehen, doch zu weit nach vorn beugen war nicht drin. Wieder musste sie schmunzeln...

Das Küchenfenster lies sich erst mit dem zweiten Ruck öffnen, frische Luft war dringend nötig. Den Backofen regelte Isa gerade auf Null herunter, fütterte rasch ihren Hamster mit Namen Wolli, da klingelte es auch schon an der Tür.

Bevor sie öffnete huschte Isabella schnell noch einmal ins Bad. Als sie den Flur überquerte rief sie hastig ein... >Ich komme sofort...<

Was der Spiegel ihr zeigte empfand Isa mehr als befriedigend und schlenderte gemächlichen Schrittes zur Wohnungstür.

Da stand er nun, ihr Kerl...

>Hi Carl, schön das du da bist. Komm doch bitte rein.< und gab Tür die mit einer einladenden Geste frei.

>Hallo Isabella... du siehst einfach verzaubernd aus... das hier ist für dich... naja, eigentlich für uns...<

Carl lächelte beinah im Kreis, drückte seiner Nachbarin zwei Flaschen Kruz del Sud in den Händen und einen Kuss auf einer ihrer rosigen Wangen.

>Ich hoffe, ich bin für diesen Moment passend angezogen. Ich weiß ja das du den sportiven Look eher magst als die große Abendgarderobe.< Carl schaute an sich herunter und lächelte etwas verlegen.

>Ist dir wohl nicht entgangen mein Lieber... du hast die gleiche Jogginghose an wie ich... ach Carl, was mach ich nur mit dir...< sie seufzte, streckte sich, spitzte ihre Lippen und küsste ihn ebenfalls auf seine Wange.

>Isa... du kennst mich doch... ich muss sagen, und das möchte ich jederzeit unterschreiben, dir steht sie aber um Längen besser...

Die Treppenhausbeleuchtung erstarb und Carl betrat nach einer langen gefühlten Ewigkeit wieder die Wohnung seiner Nachbarin. Er war tatsächlich verliebt in diese Frau, nicht nur irgend eine rosa-wolkige Verliebtheit, nein... echte, wahre Liebe.
Die Tür fiel hinter ihm zu und seine Gedanken rutschten ab in die jüngere Vergangenheit.

Seit Monaten wünschte Carl sich nichts sehnlicher als ein Date mit dieser fantastischen Frau.
Nachdem die Beziehung mit diesem Machoschläger Tom endlich vorbei war... diese Glücksgefühle waren einfach nicht in Worte auszudrücken. Was fanden Frauen nur an solche Typen? Eine Zeit lang hing der Himmel bestimmt voller Geigen, ok.
Letztendlich war dem Macho die stets selbe Frau doch ein Dorn im Auge, auf seinem weiteren Weg nach neuen interessanten Eroberungen. Immer das gleiche Lied... immer die gleiche rücksichtslose und gefühlskalte Vorgehensweise, Machogehabe und Vielweiberei.
Es tat ihm sehr weh Isabella so leiden zu sehen. Nicht wirklich helfen zu können.
Sich aber zu stark einzumischen, dass empfand Carl als eine schlechte Option. Wie so etwas ausgehen könnte, dass wusste er nur zu gut.
Zum Schluss wäre es ihm noch gelungen die zwei Streithähne wieder zusammen zu bringen.

Der große Verlierer hieß dann Carl... und vielleicht hielt diese Versöhnung nur ein oder zwei Wochen und alles fing wieder von vorn an...

Der jetzige Zustand gefiel ihm da schon weitaus besser und genau so sah auch sein Eroberungsplan aus. Immer für sie da sein, in jeder Lebenslage, erst als Freund, dann als Kumpel... und schließlich...

Ohne Plan lief nun mal gar nichts und alles dem Zufall überlassen, nein das dauerte ihm zu lang.

In ihrer Wohnung roch es so verdammt lecker, am liebsten hätte Carl sich auf den Boden geworfen und sich hin und her gewälzt wie ein Schweinchen im warmen Schlamm, er freute sich wie ein kleines Kind vor dem strahlenden Weihnachtsbaum.

In ihrer Nähe fühlte er sich unglaublich wohl, doch die Unsicherheit ob Isabella auch das Gleiche fühlte wie er, die Unsicherheit wie sie auf eine erste Berührung reagierte, dass machte ihn nervös. Dabei möchte er nicht daran denken was ein einfacher Kuss in ihm auslösen wurde... sicherlich würde im schlecht werden vor Freude. *„Außerdem sollte es nur ein Abendessen sein, mach dir bitte keine all zu großen Hoffnungen alter Mann... also reiss dich zusammen"* dachte Carl, folgte Isa in ihr gemütlich und geschmackvoll eingerichtetes Wohnzimmer.

>Ich bin gern bei dir, du hast ein sehr gutes Händchen für Gemütlichkeit. Es passt alles zusammen.

Nicht so überladen und unaufgeräumt wie bei mir.< murmelte Carl beinahe ehrfurchtsvoll.

>Danke schön, aber dann musst du mich mal besuchen wenn ich wirklich aufgeräumt habe. Ich hatte noch gar keine Zeit zum „Großreinemachen"...

>Ok... werde ich drauf zurück kommen... hey, was macht eigentlich dein Wolli? Lebt der kleine noch?<

>Klar lebt Wolli noch, putzmunter der süße, und er schläft wie immer um diese Zeit...<

>Und was befand sich eigentlich in deinem Paket? Also das was ich dir vorhin gebracht hatte, dass schwere Dingen da, schon hineingesehen?< fragte er voller zappeliger Neugier.

>Ja natürlich... erzähl ich dir gleich, ich kümmere mich zuerst um unser Happi, setzt dich doch schon mal.<

Mit einem schweren Holzbrett, auf der die Auflaufform stand und mit der köstlichen Lasagne darin, schwebte Isabella in das Wohnzimmer zurück, platzierte sie gekonnt das mittelprächtige Eichenmöbel auf den Esstisch. Sie löffelte etwas auf Carls Teller, goss Rotwein in die Glaskelche, dann wünschten sie sich einen guten Appetit und prosteten sich erst einmal zu.

Das Essen schmeckte ihm sehr gut, einfach phantastisch... den Wein kannte er ja, sein Lieblingswein und der passte vorzüglich zur Lasagne wie Carl fand.

Seine schnuckelige Gastgeberin füllte zum zweiten Male nach, der, rote, flüssige Rebensaft strömte gluckernd aus der Flasche, die auch schon beinahe leer war. Ein gewünschtes flüssiges Gespräch kam aber dank seiner Nervosität einfach nicht zustande. Carl fing leicht zu Schwitzen an, die Unsicherheit hielt ihn gefangen.

Seine unglaublich süße Nachbarin ahnte wohl was in ihm vor ging und übernahm für eine gute geschlagene halbe Stunde den größten Teil der spärlichen, abendlichen Konversation.
Er war nicht in der Lage seine Scheu abzulegen, aus Angst er könne etwas falsches sagen was ihr nicht gefiel, so hielt Carl vorerst einfach den Mund und sagte bis auf ein gelegentliches ja oder nein lieber gar nichts.

Nach einer Gewissen Zeit setzte nach dem Genuss des köstlichen Weines doch noch die erwünschte Wirkung ein. Seine Zunge wurde zusehends lockerer und auch bemerkenswert mutiger. Und das nicht nur bei ihm. Die zwei Flaschen waren beinahe geleert und so musste die dritte Flasche flink aus seiner Wohnung geholt werden.
Carl überkam das Gefühl, dass es Isabella wirklich Spaß machte sich mit ihm getroffen zu haben und das sie sich ebenfalls wohl fühlte.
Zu Erst dachte Carl, es wäre nur eine Einladung aus reinem Mitleid und weil sie sowieso nichts an diesem Abend geplant hatte.

Seine Augen wanderten zum Fenster, sein Blick stach in die Dunkelheit, berührte den Halbmond der da hoch am Himmel stand und er verträumte die nächsten Sekunden...

Diese faszinierende Abendstimmung, das Essen, der Wein, die Kerzen, diese wirklich zauberhafte Frau... im Kerzenlicht schimmerten ihre Augen... wie sie ihr Haar immer wieder sanft zurück streifte wenn es ihr in die Stirn fiel und ihn dabei anlächelte, als streichelte sie sich dabei und das machte ihn an. Sie flirtete eindeutig mit ihm.

Ihre Brustwarzen verhärteten sich unter ihrer dünnen Bluse, das sah Carl sehr deutlich... als würde sie frösteln. Doch bei dieser warmen, angenehmen Temperatur im Raum eigentlich völlig unmöglich.

Auch war er sich sicher das sie keinen Büstenhalter trug.

Es zeichnete sich nichts unter ihrer Bluse ab, keine Nähte, keine Träger. Und dieser berauschende Ausschnitt...

Die Proportionen der beiden hübschen waren genau richtig.

Diese Sichtweise war ein brutaler Pulsbeschleuniger und lies etwas gewaltig an ihm verhärten.

Mit dem Gefühl in der Magengegend ertappt worden zu sein, sah er schnell auf und blickte direkt in die Augen seiner Nachbarin.

>Du hast wunderhübsche Augen Isabella...< raunte er, wunderte sich über seinen Mut. Jetzt war es raus, was im Treppenhaus begann nahm hier seinen Fortgang, es war getan und irgendwie war Carl erleichtert, atmete hörbar aus.

>Was bissudoch für ein Chamer...< lallte Isa, legte eine Hand an den Mund und hickste laut quiekend wie ein aufgeregtes Meerschweinchen...

>Entschuldige bidde, ich glaube ich bin angedrungen... Sorry.< Isa faste nach seiner Hand. Zuerst wollte er zurückzucken, doch Carl lies es geschehen. Ihre Hand, ihre Finger waren so warm, so verdammt zart...

Sie zog ihn etwas zu sich heran und sein Geruch berührte Isabellas Nase.

Er roch nach männlich- herben Rasierwasser... das machte ihn noch um einiges reizvoller, attraktiver, begehrenswerter... einfach njam... und rrrrrrrrr... und schmatz...

Mit seiner nächsten Frage zerstörte er ein wenig die sich gegenwärtig entwickelnde Situation.

>Sag mal, was hast du da an deinem Finger? Ist das Farbe? Leuchtfarbe?< fragte Carl und drehte ihre Hand ein wenig.

>Äh... wo? Ach da... das meinss du... waiss nich... vielleich vom saubermachn... unwichdich... was anneres ist viiiiel wichtiger...< sie wischte ihre Finger am Oberschenkel ab.

>Nimm dein Glas mein liebe Nachbar und er folge mir bitte unauffällig...< Isabella stand auf und warf ihr leeres Weinglas um als sie etwas zu hastig danach griff.

Es klirrte laut als es auf die Tischplatte fiel, aber zerbrach nicht.
Sie entschuldigte sich, goss noch einmal kräftig nach und ging wie auf Eiern laufend zur Wohnzimmercouch, ließ sich darauf fallen und es schwappte etwas von dem köstlichen Nass auf den Beistelltisch, dass war ihr egal.
>Komm sumir mein lieber Nachbar...< säuselte Isabella und lockte mit dem Leuchtefinger in seine Richtung.

Carl lies sich mit Bestimmtheit kein zweites Mal auffordern und nahm direkt neben ihr Platz, ihre Beine Berührten sich dabei und Carl spürte ihre brennende Hitze unter dem schwarzen Stoff der Trainingshose.
>Hey, du hast den Wein etwas zu schnell getrunken oder? Soll ich doch lieber gehen?< hauchte er, sein Mund befand sich direkt an Isabellas Ohr als Carl die Frage stellte. Isa drehte ihren Kopf in seine Richtung, blickte ihn an, ihre Lippen befanden sich nur Millimeter von seinen Entfernt.
Ihr warmer Atem strich über sein Gesicht, Carl genoss diesen Moment, diesen wundervollen Augenblick, diese wahnsinnige Magie und spürte an seinem Oberschenkel das sie etwas zitterte.
>Nein, du sollst nicht gehen, ich muss dir etwas sagen, unterbrich mich nicht und lach mich nicht aus...

Carl, ich fühle mich wohl in deiner Nähe, du hast es immer geschafft mir halt zu geben, mir beizustehen. Du bist die wunderbare Welt in der ich sein möchte...

Du bist immer selbstlos für mich da, ich bin es gar nicht wert das du mich magst, mich liebst...< hauchte Isabella, ein endloser Tränenozean perlte aus ihren hellblauen Augen.

Isabella küsste ihren Kerl so furchtbar sanft, dass ihm selbst die Tränen aus den Augen tropften, ihm die wundervollen Gefühle den Boden unter den Füssen wegzogen, ihm schwindelig wurde...

Dann legte Isa ihren Kopf auf seine Schulter, schloss ihre Augen und schlief in der selben Sekunde ein.

Sanft streichelte Carl ihr wundervolles Haar und in diesem Augenblick, war er der glücklichste Mensch der Welt...

XXX

Nach diesem wundervollen Samstagabend vergingen die Tage wie der eisige Schneemann im Höllenfeuer eines glühenden Pizzaofens. Bevor sie sich umsah war schon wieder die Mitte der Woche angebrochen. Die Nacht über hatte Isabella sehr schlecht geschlafen. Wachte ständig auf, Albträume?

Ihr tat der Körper weh, die Haut schmerzte wenn sie auf bestimmte Stellen drückte. Das fehlte ihr jetzt auch noch, ein handfeste Erkältung, oder etwas anderes? Gestern dieses wasserfallartige Nasenbluten. Die bohrenden sie quälenden Kopfschmerzen waren schon seit Samstagabend oder war es Sonntagmorgen... ihre ständigen Begleiter, naja... der Wein war sicher auch nicht ganz unschuldig daran. Die Schädelschmerzen ließen einfach nicht nach, im Gegenteil, sie nahmen stetig zu. Brodelte, pochende Schmerzen. Im Büro fehlte bereits der größte Teil der aus zwölf Kollegen bestehenden Abteilung. Wenn sie jetzt auch noch ausfiel, konnte der Rest an Mitarbeitern auch Zuhause verweilen, an einem reibungslosen Ablauf der Arbeit war dann nicht mehr zu denken. Hatte sie die Truppe angesteckt?

Isa quälte sich aus dem Bett, versuchte ihren Schwindel unter Kontrolle zu bekommen. *„Heute mach ich dich mal wach..."* dachte sie und stellte den Alarmton ihres Touchpads auf off.

Der morgendliche Gang zur Toilette erwies sich schwerer als gedacht und zog sich dank schleppenden Schrittes einige Sekündchen länger hin als vorgesehen... so wäre ihr doch beinahe ein kleines Malheur geschehen.

Isabella drückte eilig die Spültaste und beim verlassen des Badezimmers fiel ihr Blick wie immer kurz auf den großen Wandspiegel. Sie erschrak bei dem Anblick ihres Abbildes, beugte sich noch näher an den Spiegel und betrachtete sich eingehend.

Mein Gott... die Augen...

Ihre roten, blutunterlaufenen Augen. Ihre Kollegin und Freundin Lisa hatte recht mit dem was sie sagte. *„Geh endlich zum Arzt... es wird ja von Tag zu Tag schlimmer..."*

Diese Flecken an der Wange. Was war das nur, eine Infektion?

Es waren ja nicht nur die Verfärbungen in der Wangenregion.

Gestern Abend nach dem Duschen fand Isabell mehrere rötliche Stellen an der Hüfte und am Gesäß.

Das war es endgültig, an Arbeit war heute nicht zu denken. Sie musste dringend einen Arzt aufsuchen und zwar schnellstens. War vielleicht Carl schuld? Hatte sie sich bei ihm angesteckt? Samstagmorgen schien noch alles in Ordnung zu sein. Doch kurz nach ihrem Treffen fing eigentlich alles an. Litt Carl nicht auch seit Sonntag unter furchtbaren Kopfschmerzen?

Sie musste später mit ihm darüber reden.

Irgendetwas stimmte hier nicht. Vielleicht war es dieses Präsent von ihrem unbekannten Verehrer?

Wurde durch das Paket unbeabsichtigt ein Virus eingeschleppt? Oder vielleicht absichtlich? Dem musste sie auf den Grund gehen. Der Arzt würde wissen was er zu tun hatte. Blut ins Labor und so weiter...

Sie trug die neue Jeans jetzt schon zwei Tage lang. Ungewaschen...

„lag es an den Stoffen? Eine Allergie? Das Teil kommt jetzt erst einmal in die Wäsche." dachte ich Isabella und setzte die Überlegung kurzerhand in die Tat um.

Und noch etwas machte Isa zu schaffen.

Das Gefühl ließ sie nicht los, dass Carl ihr aus dem Weg ging. Das letzte Mal trafen sie sich Sonntagnachmittag im Hausflur, sprachen kurz und schüchtern miteinander. Isabella musste es sich endlich eingestehen, sie war auf dem besten Wege sich in Carl zu verlieben, und das empfand sie keineswegs als unangenehm. Ein Lächeln huschte über ihre Lippen, dass sofort erstarb als eine nächste Migräne-Welle über sie herfiel.

Ihr linkes Auge zuckte wild und irgendwie entglitten ihr die Gesichtszüge. Sie presste ihre Hände an den Kopf, es wurde noch schlimmer. Taumelnd setzte Isabella sich auf die Toilette, stöhne gequält auf.

Nach einigen Sekunden ließ der Schmerz etwas nach und versuchte aufzustehen, dabei einen klaren Gedanken zu fassen.

Drei Aspirin würden doch wohl helfen, ein klärendes Gespräch mit ihrem süßen Nachbarn bezüglich der gegenwärtigen Entfremdung und später ein Besuch bei ihrem Hausarzt, so musste es gehen.

Sie zog sich vorsichtig ihren flauschigen Morgenmantel über, keine zu hastigen Bewegungen, der Schwindel war noch sehr präsent, schluckte eilig die Tabletten und schritt zur Haustür, kam aber nicht weiter.

Als träte ihr jemand mit voller Wucht in den Magen, so musste sie sich sofort und direkt vor der Tür übergeben. Keine Chance mehr ins Bad zu flitzen.

Es spritzte bis an die Tür, Isa fiel auf die Knie, stieß mit dem Kopf gegen die Wand, doch den Aufprall spürte sie nicht.

Ein Hustenanfall begleitete den Würgereiz und zum Erbrochenem gesellte sich eine mittelgroße Blutlache. Atemnot, sie bekam fast keine Luft mehr, der Bauch schmerzte als stach ihr jemand ein Schwert hinein und drehte es ein paar Mal herum. So etwas hatte sie in ihrem Leben noch nie gefühlt.

Ein perverser, kalter, metallener Schmerz der sie bis an den Rand einer Ohnmacht brachte.

Ihr Körper schüttelte sich wie im Fieberwahn, sie weinte, war allein, hatte große Angst das es nun zu Ende ging.

Nach zwei, drei Minuten beruhigte sich die elende Kotzerei, die Schmerzen im Bauch ließen etwas nach, jetzt spürte sie die Beule an der Stirn, sie pochte im Takt ihres Herzens. Da lagen ja auch die gerade eingenommenen Tabletten, etwas matschig aber noch gut erhalten. Die Schmerzen würden also vorerst bleiben, dass stand fest.

Mit wackeligen Beinen, zitternd stand sie auf und schwanke irgendwie in ihr Badezimmer. In ihrem Kopf rauschten die Wasser der Niagarafälle, jedenfalls der Lautstärke nach zu urteilen.

Das vormals weiße Handtuch mit dem sie ihren Mund abwischte, sah danach aus wie ein Stück steriler Zellstoff nach einer Operation. *„Ich seh bestimmt aus wie ein Zombie aber ich muss zu Carl..."*

Den Türrahmen umarmte Isa sehr dankbar, bei dem etwas zu stürmischen verlassen des Badezimmers, ein erneuter Sturz wäre unvermeidbar gewesen. Sie schleppte sich irgendwie aus der Wohnung bis zu Carls Haustür schräg gegenüber ihres Einganges.

Das stechen in der Bauchgegend nahm wieder zu, auch der nächste Hustenanfall drückte in ihren Lungen. Eine Hand hielt sie vor dem Mund, nach dem beißenden Husten war die Handfläche rot.

Mit der anderen Hand drückte Isabella den Klingelknopf, Carl musste einfach da sein. Einen Notarzt brauchte sie und zwar schnell.

Ein schriller Ton erklang, wieder und wieder und wieder...

>Bitte, sei Zuhause... bitte bitte...< nur ein Hauch kam über ihre Lippen. Ein anderer Bewohner dieses Hauses sollte sie auf keinen Fall in diesem Zustand sehen.

Wohl Eitelkeit zur falschen Zeit.

Die Tür öffnete sich, doch sie schwang nicht nach innen, sonder stand nur einen Spalt breit offen.

Isabella drückte die schwere weiße Eingangstür etwas weiter auf, bei dieser spärlichen Beleuchtung musste sie zwei Mal hinsehen und traute ihren Augen nicht. Isa knipste das Flurlicht an um besser sehen zu können.

Carl saß mit dem Rücken an der Wand, er trug nur einen Slip und T-Shirt und blickte sie an, sagte zuerst nichts.

Die gleichen blutunterlaufenen Augen, der Mund blutverschmiert, fleckige Haut, überall.

>Isabella...< hauchte er nur und streckte seine Hand nach ihr aus. Sie fing an zu weinen, drückte die Tür zu, fiel vor ihm auf die Knie und umarmte seinen Kopf.

>Was ist das nur, Carl was ist das...< sprach sie ihn an und seine Antwort war kaum zu vernehmen.

>Ich weiß es nicht... ich habe keine Kraft mehr, die Schmerzen fressen mich auf.< flüsterte er.

>Ich rufe jetzt einen Notarzt... das hätte ich schon längst machen sollen.< sagte Isabella entschlossen.

 Doch bei der Absichtserklärung blieb es dann auch. Sie übergab sich noch einmal und noch einmal. Der darauffolgende Husten trieb ihr ebenfalls den letzten Rest ihrer verbliebenen Kraft aus dem Körper.

Sie zuckte mehrmals und fiel in den dunklen Tunnel einer gnädigen Ohnmacht.

XXX

Wie lang sie die Ohnmacht gefangen hielt wusste Isabella nicht. Die Schmerzen waren einfach zu brutal um irgendetwas zu denken. Carl saß immer noch an der Wand, er regte sich nicht. Ihr Atem rasselte in der Lunge, ihr Puls raste.

Ihr Handy... Hilfe holen...

Das war ihre nächste Aufgabe und es viel ihr so verdammt schwer, jede Bewegung verschlimmerte das Schwindelgefühl, drehte die Kreissäge in ihrem Kopf auf immer höhere Touren. Überall lag ihr Erbrochenes herum, es stank bestialisch.

Das Handy hielt Isabella nun in der Hand, aber es hatte einfach keinen Sinn... sie war nicht in der Lage etwas auf dem Display zu erkennen, auch nach dem dritten Augenwischer nicht.

Kraftlos, mutlos, hilflos... sie sackte zusammen, konnte sich nicht mehr bewegen, wie sollte es weiter gehen... versuchen einen Nachbarn zu erreichen?

Isabella blickte Carl an und in diesem Moment gefror ihr Herz endgültig.

Immer noch saß er mit offenem Mund an der Wand gelehnt. Auch seine glanzlosen Augen waren offen, blickten in die weite Ferne einer schwarzen Unendlichkeit.

Die Augen eines Toten...

>Carl... oh mein Gott nein, bitte nicht... mein lieber lieber Carl... bleib bei mir...< Isabella nahm ihn in den Arm, schloss seine Augen sanft mit ihrer Hand und weinte.

Der Beginn der Traurigkeit, ihr Lebenswille erstarb und ein zweites Herz blieb stehen.

So saßen die Liebenden in tiefer Umarmung an der kalten Wand des dunklen Schicksals... letzte warme Tränen des Abschieds perlte aus ihren gebrochenen Augen, ein Abschied für die Ewigkeit.

XXX

Die drei „schwarzen" bildeten die sogenannte Vorhut. Die vier in weiß gekleideten Spezialisten blieben draußen, zwei von ihnen saßen im Messwagen der Umweltbehörde, die zwei anderen blieben vor dem Eingang des Wohnkomplexes mit ihren klobigen Messgeräten stehen und warteten ab was ihre Kollegen herausfanden. Sie befanden sich natürlich im permanentem Funkkontakt damit sie eingreifen konnten wenn etwas außergewöhnliches passierte.

Außergewöhnlich genug war die gesamte Situation.

Die Polizei riegelte den kompletten Straßenzug ab. Nichts ging mehr, der Straßenverkehr kam in der gesamten Umgegend zum Erliegen. Absperrband flatterte im Wind, Blaulicht beleuchtete Polizeiwagen standen kreuz und quer herum, Schaulustige ebenfalls, jedoch Nichts und Niemand durfte hier passieren.

Alle Bewohner des Hauses, auch der angrenzenden Nachbargebäude, klingelte man bereits im Vorfeld aus den Wohnungen und wurden aus Gründen der allgemeinen Sicherheit in einer drei Straßen weiter gelegenen Turnhalle eines Gymnasiums untergebracht. Kein Mensch wusste um was es wirklich ging, nur so viel sickerte durch, Umweltkontrollen sollen Alarm geschlagen haben, Biologisch, Chemisch...? Dann ging alles sehr schnell.

Wildes schweres Stiefelgetrampel im Flur und in der nächsten Sekunde standen die drei komplett in schwarz gekleideten Gestalten, augenscheinlich aus einem fernen Universum entsprungen, direkt vor dem Eingang.

Nach jedem Atemzug beschlug etwa die Hälfte der Sichtscheibe seine Schutzanzuges. Mark Gabler besaß die zweifelhafte Ehre als Erster die Tür zur Wohnung des Carl Stegler zu öffnen. Er packte den fünfunddreißig-Kilo schweren Metallklotz etwas fester, holte aus und schlug ihn fest gegen das Schloss der Wohnungstür.

Die sprang sofort auf, flog nach innen, federte etwas zurück und gab die Sicht frei. Zwei Menschen saßen dort, sie umarmten sich aber wirkten wie leblos. Was war hier nur geschehen...

Mark Gabler legte den metallenen Türöffner zur Seite, fasste Mut und ging bereits einen Schritt vor, als sein am Treppengeländer stehender Kollege und Vorgesetzter einen Warnruf in seine Richtung bellte.

>Stopp, hey... Gabler... nicht hineingehen... die Umweltkontrollen waren nicht defekt, ein Trugschluss... die Anzeige ist im roten Bereich... Vollausschlag... unsere Schutzanzüge sind dafür nicht ausreichend. Alles sofort nach unten... sofort... sonst erleben wir die Rente nicht mehr...

XXX

117

Kapitel 8   Süßer Verdienst

Vergangenheit
26.06 22:30 Uhr Wilhelmshaven

Eine heiße Flüssigkeit spritzte in ihr Gesicht, ließ sie kurz zusammenzucken, brannte wie eine ätzende Paste auf ihrer Haut und rann in langen Bahnen kribbelnd an ihrer geröteten Wange herab. Ein hartes, doch auch weiches seidiges Etwas wurde zwischen ihren Lippen, an den Zähnen vorbei, sofort weiter tief in ihren Mund gestopft und es pulsierte weiter...

Ein Würgereiz entstand, doch den nach faulem Eiter schmeckenden Brei musste sie in der ersten Schrecksekunde Schlucken.

Anna hätte sich am liebsten sofort übergeben, jedoch ein zweiter Strahl ergoss sich in ihre Kehle, bevor dieser Ekelige Typ von Schmierlappen sein Ding wieder aus ihrem Mund zog. Den Rest seines stinkenden Sekrets schoss er ihr quer über ihre Augen und nur wie durch einen Schleier erkannte sie, dass auch sein Masturbierender Kumpel soweit war, seine Augen schloss, seinen Kopf in den Nacken warf und sich dabei schnaufend in ihr Gesicht entlud, als wäre sie eine billige Schießbudenfigur auf dem Rummel.

Der dritte Typ im Bunde... er bearbeitete sie wild von hinten. Er rammelte Anna Lena dabei wie ein tollwütiger Wüsteneber.

Sie spürte nichts... gar nichts, keine Gefühle.

Ihr Unterleib war in dieser Hinsicht wie tot.

Nur eines spürte sie deutlich, wie dieser Adrian oder wie immer das besoffene Schwein hinter ihr noch hieß, seine Hände plötzlich etwas zu fest um ihre Hüfte klammerte, seine Finger sich tief in ihr Fleisch verkrallten, mehrmals so heftig zustieß, dass sie vor Schmerz hätte schreien können. Da sie auf allen Vieren stehend, mit beigefarbenem Minikleid und zum Kleid passenden ebenfalls beigefarbenen Overkneestiefeln auf ihrer Couch verweilte, wäre Anna beinahe vorn über gefallen. Adrian hielt kurz inne, zog sein gut gewachsenen Ding mit einem Ruck aus ihrem Hintern, so das es laut schmatzte, schnaufte mehrmals wie ein kranker, altersschwacher Pavian vor dem Reichen des Silberbestecks und kleckerte seine warme stinkende Suppe Tröpfchenweise auf ihren Rücken und damit auch auf ihr ehemals nagelneues Melrose- Kleid.

Nach ein paar Sekunden und nach dem er sicher alles aus seinem Dong herausgequetscht hatte, versuchte er ihn noch einmal in einer ihrer beiden feucht glänzenden, geröteten und mittlerweile auch schmerzenden Öffnungen zu versenken. Leider ohne zählbaren Erfolg, er war wohl schon zu schlapp, der kleine...

Ihre drei Bekanntschaften hatten sich ausgetobt.

Endlich.

Anna war jetzt froh das es vorbei war. Die dreihundert Euro waren gut zu gebrauchen. Die drei Männer kannte sie aus dem Internet. Irgend so eine Liebes- oder Singletreff- Geschichte. Dennis, Viktor und eben dieser Adrian...

Der Typ hinter ihr musste wohl so Mitte vierzig sein. Die beiden vor ihr gute dreißig und natürlich jeder von ihnen „glücklich" Verheiratet. Das war ihr aber auch letztendlich sowas von total egal. Das Geld lockte und die drei Jungs waren bereits den vierten Monat in Folge bei ihr.

Mehr zahlungskräftige „Dates" hatte sie nicht und wollte sie auch nicht haben, diese Sauereien reichten ihr auch völlig.

Anna Lena schämte sich jedes Mal dafür, war nicht in der Lage „danach" länger als ein paar Sekunden in den Spiegel zu blicken und es wurde immer schlimmer.

Eine Perücke veränderte ihr Aussehen sehr stark, die grelle Schminke vollbrachte den Rest der Verwandlung. Dazu viel Parfüm, damit sie den Schweiß- und Genitalgeruch ihrer nicht gerade vor Reinlichkeit strotzenden Männer so mitbekam.

Es war schon unglaublich ekelhaft, dennoch sehr lukrativ. Dazu kam der „Trost", dass es ja „nur" immer wieder die selben Kerle waren, es entstanden keine Freundschaften, aber man kannte sich eben. Anna bestand trotzdem auf locker gebundene Augenbinden.

Sie mochte nicht in deren Augen blicken, wenn sie es taten.

Nicht nur die finanziellen Gründe waren ausschlaggebend für das was sie hier tat, denn mit ihren siebenunddreißig Jahren hatte sie es nicht nötig und sie brauchte diese Spielchen auch nicht wirklich. Vielleicht war sie nur einsam und wollte sich an ihr altes Leben rächen.

Es gab auch keinerlei lockeres Geplauder „danach". Die Jungs mussten und sollten so schnell wie irgend möglich verschwinden, darauf bestand Anna.

Bezahlt wurde immer zu Beginn ihres Abenteuers. Auch wenn sie sich trafen, immer spät Abends, gab es kaum gewechselte Worte. Das „schnelle fertig werden", besaß oberste Priorität. Um dieses Ziel zu erreichen machte sie mit. Stöhnte laut, spielte hingebungsvolle Begierde, ließ ihre Zunge tanzen, doch nichts von dem war echt, nur künstlich, vorgetäuscht, Sextheater...

Keine Gefühlsduseleien, Hose runter und los...

Auch jetzt wieder. Die Jungs bedankten sich knapp bei ihr, zogen sich an und verschwanden schnell wie besprochen. Wahrscheinlich ging es auf direktem Wege in die nächste Bar um sich zu betrinken, zu Lachen und um das Geschehene Revue passieren zu lassen. Wenigsten verhalf sie den Jungs zu einem unterhaltsamen Tag, versüßte ihn mit ihrer Anwesenheit und mit diversen perversen Fantasien und Spielchen, bevor sie in ihr „normales" Leben zurückkehrten.

Sie dagegen... Anna weinte, fühlte sich mies, ausgenutzt, erniedrigt und wie ausgekotzt.

Ungewaschene Realität, dreckig, schmutzig... gefrorene Vergangenheit, kalte Gegenwart, eiskalte Zukunft, dass wahre Leben.

Unter der Dusche sah man ihre Tränen nicht, dass rauschen des heißen Wassers unterdrückte auch ihr leises Schluchzen und wimmern. Der Gedanke „dem" endlich ein Ende zu setzten, nahm immer mehr Form an, setzte sich in ihrem Kopf fest und wurde von Mal zu Mal realer...

XXX

Anna Lena stand im fünften Stock ihrer zwei Zimmer Wohnung auf dem sehr schmalen Fenstersims und schaute hinab, hinab in die schwarz-graue unendlich erscheinende Tiefe. Alles drehte sich, verschmolz miteinander...

Die Jungs waren weg, ohne Verabschiedung, wie immer, doch die Schmerzen waren noch da. Sie spürte Adrian immer noch so intensiv als stände er immer noch hinter ihr und... so wild war er noch nie und das nächste Mal zahlte er einfach mehr, dass nahm sie sich vor. In ihrem Kopf hallten Geräusche nach wie in einer riesigen leeren Höhle. Was für ein scheiß Leben...

Der scharfe Wind zerrte an ihrer Kleidung und trocknete ihre Tränen schneller als sie nachlaufen konnten. Die leere Flasche Bourbon lag zerschmettert im Fernseher. Kleine Scherben lagen verstreut herum und sahen im Licht der Deckenlampe wie Diamanten aus.
Was für eine Ironie...
Anna war ausgeflippt, durchgedreht. Sie konnte es nicht mehr ertragen, sie war eine Hure und hatte es teilweise sogar genossen, doch das wollte sie nicht mehr sein.
Gab es noch eine Lösung? Was sollte sie nur tun.

Die Nacht war eigentlich perfekt um sich zu verabschieden.

Ganz weit unten, im spärlichen Laternenlicht, konnte sie Bäume und Büsche erkennen die immer schneller anfingen sich im Kreis zu drehen.

Ihr Gemützszustand und die Nachtluft waren Eiskalt.

Wilde Gedanken schossen ihr durch den Kopf, abgelöst von einer Schwärze und Leere die man nicht beschreiben konnte. Angst zu Versagen, ohne Mut. Vom Leben enttäuscht und im Stich gelassen, gehetzt vom Sensenmann der Bürokratie, der seine rostige Klinge im verzweifeltem Wehklagen ausgebeuteter Seelen schärfte.

>Arschlöcher... Penna said ihr alle...< lallte sie beinahe kreischend.

Noch hielt das Jalousie-band an dem sie sich festkrallte. Ihre blonden Haare tanzten im Wind, das Herz... gefroren.

Kälte spürte Anna nicht mehr, Gefühle waren wie abgeschaltet.

"Un moogen mussich aunoch sum aabeisamt... heffen könn die mi au nich mehr... jess brau i non Schluck" dachte sie und wollte sich umdrehen.

Das schmale Band riss mit einem lauten, peitschenden Knall aus der Halterung.

Für den Bruchteil einer Sekunde stand die blonde Anna in der Luft, dann schoss ihr gnadenlos der Boden entgegen.

Kein Entkommen, keine Hoffnung, kein Schrei.

Ein stummer Fall der irgendwann vielleicht in einer kalten Statistik auftauchen würde.

Der Aufprall.

Es musste doch nun der dumpfe Schlag kommen der endlich alles gut werden ließ...

Kein Nachdenken, keine Kopfschmerzen mehr, der Kampf ums ewige Geld und zweifellos überflüssige Anerkennung waren vorbei.

So sehr sehnte Anna Lena sich nach dem alles zerschmetternden Moment, doch er kam nicht.

Gute fünf Meter über dem Boden war es mit ihrem Sturz zu Ende.

>Warum falle ich nicht weiter... verdammt. Was ist das nur?< flüsterte Anna verwirrt, doch mit einem mal offenbarte sich ihr die warme Erkenntnis.

>Das gibt es doch nicht, ich schwebe... Fliegen werde ich, ja... fliegen wie ein Vogel...< sie lachte irre.

Anna Lena holte Schwung und warf ihre Arme nach oben.

Es klappte.

Erst langsam, dann immer schneller flog die verzweifelte Frau dem dunklen Nachthimmel entgegen. Übermütige Kreise, Spiralen und Pirouetten. Alles musste ausprobiert werden.

Die Stadt da unten war so winzig klein, und wurde stetig kleiner je höher sie flog. Mit jedem Meter dem Universum entgegen, um so unbedeutender wurden ihre Probleme an die sie nun nicht mehr dachte.

Kein Mensch war zu sehen, sie war allein...

Sie verschwammen alle mit dem grau-schwarzen Untergrund dieser lieblosen Metropole. Blinkende Lichter der Innenstadt, große Schiffe schwammen im Hafen, ebenfalls festlich beleuchtet. Sie wollte mehr, stieg höher und höher auf, wollte die Wolken berühren. Ein Tänzchen auf den weißen Wattebergen? Warum eigentlich nicht...

Ihre kleine Jana wäre begeistert gewesen. Die Söhne hätten sicher gesagt: Mutter du spinnst, lass den Quatsch, komm wieder runter.

Doch Jana hätte sich gefreut... Mama kann fliegen.

"Zurück... ich muss wieder zurück..." dachte sie plötzlich erschreckt.

Noch ein wenig unsicher in ihren Bewegungen versuchte Anna den Weg zum Haus zurück zu finden.

Sie kippte nach links ab, setzte zum Sturzflug an.. wurde immer schneller... sah den Häuserblock immer größer werden, sah das offen stehende Fenster auf sich zu kommen...

Die helle Öffnung anvisieren und... schwuppp... die Bruchlandung.

Erst an der Wohnzimmertür war Anna in der Lage ihren Schwung zu stoppen. Kopf und der linke Arm schmerzten fürchterlich.

>Da muss ich wohl noch eine saubere Landung üben...< jammerte sie..

Ihr Wohnzimmer sah aus, wie nach einem feierlichen Überraschungsangriff.

Der kaputte Fernseher, der zerbrochene Glastisch, die Kerzenständer, das Bücherregal. Alles war mehr oder weniger in Mitleidenschaft gezogen worden.

Mühselig quälte sie sich auf die lederne Couch, zog sich die cremefarbene Decke über den Kopf und schlief auf der Stelle ein.

XXX

Ein weißes helles Licht strahlte durch ihre geschlossenen Augenlider. Straßenlärm... ein Windzug erfasste ihre Haare

Woher kam dieser irre Lärm?

Annas Augenlider zogen sich quälend langsam in die Höhe. Sie bemerkte einen Geschmack im Mund der indirekt oder sogar direkt etwas mit Erbrochenen zu tun haben musste, jedenfalls der stinkenden gelben Lache die neben ihr lag nach zu urteilen.

Das Fenster stand offen, die Sonnenstrahlen und der Lärm bekamen freie Bahn. Langsam und endlos schwindelig stemmte sie sich vom Boden auf und schloss erst einmal das Fenster. Ihr ganzer Körper schmerzte unbeschreiblich. Ihr Kopf fühlte sich an wie eine tickende Zeitbombe...

Den Scherben auf dem ehemals schönen Teppich konnte Anna nur mit viel Geschick ausweichen.

"Was habe ich gestern nur gefeiert? Scheiß Alkohol." Nur Bruchstückhaft kamen die Erinnerungen wieder.

"Ohje, der Fernseher, wie sieht der denn aus... und was für ein beschissener Traum... Fliegen... so ein Blödsinn... das Aufräumen muss warten, kann ich später immer noch. Jetzt erst mal Kaffee..." sie versuchte ihre Gedanken zu ordnen, doch nur mit mäßigem Erfolg.

Ihr Blick fiel auf das zerrissene Band der Jalousie. Das war demnach kein Traum gewesen.

Nur fiel sie wohl nicht nach draußen, sondern nach drinnen, und kam nicht auf der Couch zum Schlafen sondern auf dem Teppich.

Der Toast und die Kaffeemaschine waren schnell in gang gebracht. Das Bad lud zum waschen und frischmachen ein. Beim Blick in dem Spiegel kamen brutal die Sünden der Nacht zum Vorschein. Blaue Flecken überall.

>Was haben die Arschlöcher nur mit mir angestellt?< flüsterte Anna erschreckt.

Besonders der rechte Arm. Eine riesige Platzwunde an der Stirn, ihre blonden Haare waren an der Stelle Blutverschmiert. **„Horrorfilm... das ist doch ein Horrorfilm..."** dachte sie entsetzt.

Mit einem großen Pflaster am Kopf, eine Tube Salbe in der Hand kam Anna aus dem Bad und genehmigte sich erst einmal einen Kaffee in der wunderbar aufgeräumten Küche.

Was war das nur für ein Traum... geflogen bin ich wie ein Vogel.

Normalerweise erinnerte sich Anna nie an ihre Träume, doch dieser war so verdammt real.

"Die haben es tatsächlich geschafft, du wirst langsam bescheuert... das hat sowieso alles keinen Sinn mehr." dachte sie und Weinte.

Nachdem sie etwas feste Nahrung zu sich nahm, die auch tatsächlich im Magen blieb, ging es ans Aufräumen.

Aus dem Staubsaugerschlauch rasselte es, als die tausend Scherben ihn passierten. Der Fernseher war natürlich hin.

>Toll... wo ich es doch so dicke in der Tasche habe< maulte sie unverständlich vor sich hin.

Das klingeln an der Tür ging im Staubsaugerlärm unter.

Erst beim vierten schrillem Klingeln reagierte Anna, so erstarb das Singen des Staubsaugers, wurde es leise im Wohnzimmer und mit einer Hand an den Kopf gepresst, versuchte Anna den aufrechten Gang zu simulieren, zumindest bis zur Wohnungstür.

Der Schlüssel knarzte im Schloss, die Tür schwang auf, ein Blick nach links, ein Blick nach rechts, es war aber niemand zu sehen.

Anna blieb noch ein Moment stehen. Sie hörte den Fahrstuhl kommen. Eine Nachbarin die drei Türen weiter wohnte stieg aus.

>Guten Mooorgen< flötete Anna Lena freundlich. Die Nachbarin grummelte etwas unhörbares, grüßte demnach wohl nicht zurück.

"Na dann eben nicht, du alte Spinatwachtel" Die Tür hämmerte sie ins Schloss und zog die Tür in der nächsten Sekunde wieder auf. Stand da nicht ein kleines Paket auf der dunklen Fußmatte?

Das hätte Anna beinahe übersehen.

Sie hob das kleine aber sehr schwere Paketchen auf, legte es in den Flur und musste sich jetzt erst einmal vernünftig anziehen.

Im Schlafzimmer angekommen blieb ihr Blick an dem großen runden Standspiegel hängen der gnadenlos ihr Abbild zeigte und fing hemmungslos an zu weinen.

>Scheußlich... du siehst einfach scheußlich aus...< schluchzte sie. *"Ich werde nicht zum Amt gehen, sooo mit Sicherheit nicht..."* dachte sie weiter und betastete ihre blauen Flecken.

Dieses verfluchte Arbeitsamt. So viele Versuche sich wieder an ein geregelten Tagesablauf zu gewöhnen. Alles ging in die Hose.

Immer wieder hörte sie die maßregelnden Worte ihres Exmannes in ihren Ohren nachhallen, die sich ständig wiederholenden Sätze kannte Anna schon auswendig. Du musst etwas machen... lass dich doch nicht ewig so hängen... du musst endlich Verantwortung übernehmen... bring Ordnung in dein Leben... denk an deine Kinder und so weiter und so fort... ja, ja.

Was wusste der schon. Er konnte ja solche Reden halten, bei ihm war ja alles in bester Ordnung.Was sollte das, und was halfen all die guten Sprüche und Reden wenn man keinen Mut, keinen Antrieb, keine Perspektive hatte.

Wenn alles zerbrochen war, es nirgends einen Ausweg mehr gab.

Achtzehn Jahre lang hielt die Ehe, dass war schon eine lange Zeit. Drei wohlerzogene Kinder waren das Ergebnis dieser Beziehung.

Auch drei Kaiserschnitte musste Anna Lena ertragen. Danach die ständigen Schmerzen, die vielen Tabletten, die Nebenwirkungen. Es gab auch Zeiten wo sie längere Zeit schmerzfrei war aber das war eher selten.

Arztbesuche gab es zuletzt beinah im Wochentakt. Viel zu oft Krankgeschrieben. Das machte natürlich kein Arbeitgeber lange mit. Und so wurde sie vor zwei Jahren „unehrenhaft" entlassen, danach begann der Absturz.

Ihren ehelichen Pflichten... daran war wegen der furchtbaren Schmerzen oftmals nicht zu denken. Aber darauf wurde natürlich keine Rücksicht genommen. Da musste ja was jüngeres her. Gab es da nicht schleichende Parallelen zu ihren drei „Helden"?

Irgend solch Schlampe aus dem Büro. Wahrscheinlich konnte die bescheuerte Tussi perfekt blasen... oder war einfach eine „Männerversteherin"... ihr Tipp war eher die erste Variante...

>Und die kümmerte sich nun um meine Kinder.< jammerte sie und schluchzte erneut herzzerreißend.

Das gemeinsame Haus verließ sie ungern, jedoch nach unzähligen Alkoholeskapaden wurde ihr ein Auszug nahe gelegt. Whisky und Wein waren ihre ständigen treuen Begleiter und Weggefährten.

Die Kinder verlor sie selbstverständlich auch.

Es hieß zwar immer *„die Kinder gehören zu der Mutter"* doch in ihrem Fall war es besser die kleinen Süßen blieben bei ihrem Vater, dass sah Anna ein, jedenfalls für den Moment.

So ging es also zum Jugendamt und letztendlich wurde das Sorgerecht ihrem Exmann zugesprochen.

„Meine drei Spätzchen leben also nun bei dem Ex und seiner neue Flamme. Und da soll einer nicht verrückt werden. Aber ich bin ja selber Schuld..." dachte sie mutlos, schlenderte zum Flur und nahm sich dem Päckchen an was dort am Boden lag.

An eine aufgegebene Bestellung konnte sie sich nicht erinnern. Die Anschrift stimmte, nur der Absender war irgendwie verschmiert und unleserlich.

Anna Lena überlegte intensiv, wer wohl der nette Gönner war?

War es einer ihrer „Spielkameraden", jemand der sie vielleicht besonders mochte... sich gegebenenfalls etwas verliebt hatte?

Nun ein kleines Geschenk um die anderen zwei „Rivalen" mit der Aktion ins Abseits zu befördern?

Oder einfach nur ein Irrtum des Postboten? Alles schien möglich, und Anna war neugierig, also öffnete sie es, zum Vorschein kam eine merkwürdige, länglich, Dosen ähnliche, sehr schwere zweite Verpackung die sich wider erwarten leicht öffnen lies.

Der Inhalt überraschte sie, ihre Augenbrauen hoben sich und ein selten gewordenes Lächeln huschte über ihre Lippen, es war eine schwarze, schlichte stretch Jeans, übersät mit feinen weiß-bläulichen undefinierbaren Kristallen.

Anna schlug und schüttelte die Jeans im Flur aus, es staubte und dieser Staub schmeckte irgendwie merkwürdig, beinahe metallisch, oder salzig.

Das schwarze Teil passte perfekt und fühlte sich gut an.

Sie lächelte noch einmal und wunderte sich über ihre Reaktion. Das so ein Stückchen Stoff, so wundervolle Glücksgefühle in ihr auszulösen vermochte. *„Ich sollte öfter mal Schoppen gehen..."* dachte Anna Lena und schlug mit der Flachen Hand auf ihren strammen Hintern das es laut klatschte.

Nach der Anprobe ab in die Waschmaschine, das war nicht zu umgehen.

War es dann wirklich so abwegig ein wenig Glück einzufordern?

Für ein paar winzige Augenblicke vergaß sie tatsächlich den grauen Alltag, die Sorgen und ihre hämmernden Kopfschmerzen.

Wenn doch nur jeder Tag ein so schöner wäre...

XXX

Kapitel 9   Der Umzug

Vergangenheit

Der langersehnte Umzugstag rückte unaufhaltsam näher. Jeder Versuch dieser Stadt, in der man Jahre des Lebens verbrachte, einen guten Gedanken abzuringen, wurde mit den dunklen Ereignissen vergangener Wochen und Monate schnell erstickt.
Nein, es führte kein Weg daran vorbei und nun war es endgültig.
Der gut dimensionierte, weiße Transporter stand bereit, wollte gefüllt werden mit allerlei liebgewonnenen Erinnerungsstücken und mit den Dingen, die eigentlich nicht mehr zu gebrauchen waren.
Euphorie wollte nicht aufkommen, eine gewisse Erwartung aber schon. Eine kaum zu beschreibende Neugier, was auf diese kleine Familie wohl zukommen würde.

Wehmut.

Den gehassten Alltag verlassen. Nicht das Lieb gewonnene, nur das Eingefahrene, die Normalität verließ man ohne einen Funken Erkenntnis, was in der neuen Stadt auf sie zukommen mochte.
War es denn nicht auch ein wenig das sogenannte Stockholm- Syndrom?

Akzeptierte, oder verliebte man sich nicht sogar in seinen Peiniger, in diese Stadt? War es deshalb so schwer sie zu verlassen?

In gut dreißig Pappkartons steckte ein ganzes Leben. Wohnzimmermöbel, der Kleiderschrank, ein alter Schreibtisch aus Eichenholz. Bücher, Bücher Bücher.

Die Kisten waren schwer, kaum zu zweit zu tragen. Die Stoßdämpfer des im Sonnenlicht strahlenden Umzugmonsters ächzten unter dem Gewicht jedes weiteren Gegenstandes, was ihm auf den breiten Rücken gestellt wurde.

Zu dritt saßen sie nun in der geräumigen Fahrzeugkabine. Verschwitzt, völlig ausgelaugt, aber glücklich.

Dieses Glücksgefühl, endlich etwas geschafft zu haben, etwas bewegt zu haben, blockierte jeden aufkommenden Zweifel einen Fehler zu unterliegen. Nein, ein Fehler war es bestimmt nicht, keineswegs.

Eine Frau stand noch in der Haustür und winkte ihnen nach. Ein letzter Abschiedsgruß des alten Lebens.

Sie fuhren ein letztes Mal durch Straßen, die so furchtbar vertraut waren. Ein Gefühl, als verabschiedete sich jeder Baum, jeder Strauch.

Niemand sagte in diesem Moment etwas, jeder hing seinen eigenen Gedanken nach, Augen verschleierten sich.

Unaufhaltsam näherten die drei sich dem Stadtrand, dann der Ortsausgang.

Das Schweigen brach, sie atmeten tief durch, eine spürbare Erleichterung breitete sich aus und die Luft schmeckte nach Zukunft.

XXX

28.06 Braunlage

Der Umzug lag eine Zeit lang zurück. Der Alltag erhielt Einzug, doch an Normalität war nicht zu denken.

Die Tür zum Wohnzimmer stand weit offen.
Vanessa und Marvin standen im engen Flur, lauschen und sahen sich an. Gesprächsfetzen drangen an ihre Ohren. Leise gesprochene Worte. Ein älterer Herr sprach auf den Jungen ein.
>Aber du musst gehen. Du kannst nicht hier bleiben.<
>Wer will mir das verbieten hier zu bleiben?< erwiderte der Junge etwas lauter blickte ihn dabei mit großen Augen an.
>Deine Großeltern werden dich abholen, dass steht nun mal fest, sie werden dich bis dahin begleiten, für eine gewisse Zeit wirst du dort bleiben müssen...< die feste Stimme des ältere Herren ließ keine Zweifel an seinen Worten zu.
Der junge Mann war zu diesem Zeitpunkt keine zwölf Jahre alt und dennoch lies sein Glaube an gut oder Böse etwas zu wünschen übrig. Vielen unangenehme Dinge waren passiert und sollten nun in gewisser Weise und unter ganztägiger Aufsicht korrigiert werden. Natürlich schmerze es, es schmerzte allen beteiligten.

Vanessa seine ihn über alles liebende Maam, sie weinte oft und viel zu viel, doch auch zu oft gerieten die beiden aneinander und so erschien es besser, sich eine Zeit lang aus dem Weg zu gehen.

Seine Oma, sein Opa... jeder sah das Gute, den liebenswerten Jungen in ihm. Die beiden waren zu jeder Zeit präsent, opferten sich auf um den Jungen aus den Schlamassel zu bekommen. Doch letztendlich war es an ihm, an dem jungem Mann selbst sich aus dem Käfig seiner trüben Gedanken zu befreien. Die Richtung im Leben mochte man aufzeigen können, doch den Weg musste der Junge allein gehen.

Der kleine Teufel der in ihm steckte bekam zu oft die Oberhand, doch wäre es gelacht ihn nicht bei den Hörnern zu packen und dort hin zurück zu schicken wo er her kam.

>Lass uns gehen... ich kann mir das nicht anhören, sonst... ich brech zusammen... komm bitte< flüsterte Vanessa, sie fasste nach Marvins Hand, drehte sich um und zog ihn mit zur Tür hinaus.

An diesem Tagen gingen sie nun zum zweiten Male Hand in Hand, schweigend den Berg hinauf zum sonnenverwöhnten Hang am Rathaus, dem sonst so tief verschneiten Weg zur Skipiste entlang und schließlich seitlich dem beurlaubten Skilift folgend, bis die Spitze des Abfahrthanges erreicht war.

Dort oben angekommen drehten sie sich langsam um.

Die Aussicht präsentierte sich wieder einmal überwältigend. Der Kilometer entfernte tausend Meter hohe Wurmberg war zum Greifen nahe. Eine warme Sommerluft sorgte für einen klaren ungetrübten Blick.

>Unglaublich schön...< sagte Vanessa und Marvin pflichtete ihr nickend bei. Er atmete immer noch heftig ein und aus, der Hang war doch steiler als gedacht. Er nahm sie in den Arm, machte ihr Mut.
>Es wird schon wieder, der Junge ist nicht aus der Welt und dort wird es besser...< er musste husten.
>Mag ja sein, aber ich frage mich die ganze Zeit... die ganzen Jahre... WARUM AUSGERECHNET ER?... warum ausgerechnet mein Junge... warum passierten diese Dinge?< eine Träne lief ihr aus den Augenwinkel, rann ihre Wange hinab, wurde von heißen Sonnenstrahlen verdampft und zurück blieb eine funkelnde Spur aus im hellen Licht strahlender Salzkristalle.
>Weil es eben so ist... und es schlimmere Sachen gibt... er schafft das, wir schaffen das, du wirst es sehen. Noch ist genug Zeit um ihm die Mütze zurecht zu rücken...<
>Ich hoffe du hast recht... komm, wir gehen zurück, er wird bereits fort sein.<
>Wir sehen ihn bald wieder...<
Der Weg hinunter war schwere als hinauf und die Waden begannen zu schmerzen...
Vanessas Bauchgefühl bestätigte sich mal wieder.

Ihr Junge der kleine Spitzbube war schon fort. Nach den letzten Tage mochte sie sich nicht verabschieden, zu sehr enttäuschte er seine Maam. Etwas Strafe und eine Portion Ungewissheit mussten sein, dass gehörte zum erwachsen werden dazu.

Wenn er es jetzt nicht lernte, wann dann?

Marvin rannte Vanessa beinahe um und riss sie derb aus ihren Gedanken.

>Sag, ist der bescheuerte Paketschlepper noch in der Nähe?< er balancierte ein rundes etwas auf seinen Händen, gut fünfzig Zentimeter lang und fünfzehn Zentimeter im Durchmesser.

>Das ist doch nicht an uns Adressiert... so ein Zombie...< Marvin schüttelte den Kopf.

>Ich meine er steht noch bei dem Idioten von neben an... lauf doch schnell hin...< sagte Vanessa und wies mit dem Daumen hinter sich.

>Aber pass auf, Zombies können schnell sein...< sie lachte laut auf.

>Werd ich machen, bis gleich Süße...< warf ihr einen Schmatzer zu und rannte los.

Des Schicksals Kelch zog an ihnen vorüber. Die Büchse der Pandora suchte sich ein neues Opfer und würde es auch finden... daran gab es keinen Zweifel...

XXX

Gegenwart

02.07 09:50 Uhr Helgoland

Sie versuchte wirklich alles, strengte sich an, konzentrierte sich, doch einen der vielen Gedanken zu greifen die wie wild im Kopf herumschwirrten und einfach mal einen festzuhalten und zu Ende zu denken, dass war so gut wie ausgeschlossen.

„Warum war ich eigentlich hier? Dann die Reise hier her... die Erwartung... wer kam auf die blendende Idee mich einzuladen?"

Viele Fragen die an dem kommenden Abend eine passende Antwort finden sollten, so hoffte sie es jedenfalls.

Und in der Tat, es gab wirklich eine Einladung. Alles war bereits bezahlt. Die Bahnfahrt, das Hotel, die Rückfahrt. Eine Woche mit allem Drum und Dran.

Für eine Woche hieß es also Urlaub nehmen, Koffer Packen, alle Fenster schließen und ab in den Zug.

Natürlich war es nicht vernünftig, ein Unbekannter oder eine Unbekannte schenkte ihr eine Urlaub all inklusive und sie nahm dieses Geschenk an.

Eine vage Vermutung, ein Name, ein verschwommenes Gesicht in ihrer Erinnerung... eine kleine Hoffnung, vielleicht das ER es war der sie einlud.

„Urlaub"... eigentlich ein Fremdwort für sie. Sollten es schon fünf Jahre her sein nach dem Ende ihrer letzten Beziehung? Sie begrub sich seither mit Arbeit. Kein Mann mehr, keine Zusammenleben, keine verletzenden Gefühle mehr ertragen, eine Miniaffäre zwischendurch, ok... aber nichts festes. Doch es kam wie es kommen musste. Ein faszinierender Mensch männlicher Natur kreuzte ihren Weg, so wie viele andere auch auch, doch er war irgendwie anders.

Von Beginn an, der erste Augenkontakt, er verzauberte sie, es entstanden wundervolle Gefühle, eine warme Sehnsucht breitete sich in ihrer Magengegend aus die sie das erleben ließ, was sie so sehr vermisste. Mit einem Mal war es wieder da, dass verliebt sein.

Sie öffnete ihre Augen, schob die Gedanken zur Seite, schlürfte an ihrem Latte und genoss den Geschmack des lauwarmen Kaffeegetränks bei jedem Schluck und ihr Platz vor dem Café erlaubte einen himmlischen Ausblick über den Helgoländer Hafen.

Die Nachbartische waren gut gefüllt, doch die Geräuschkulisse hielt sich bedeckt.
Ein älterer Herr links von ihrem Tuch- behangenem Plastikmöbel grinste sie bei jeder passenden Gelegenheit an, seiner Frau schien sein Amüsement in keinster Weise zu stören.

Bei welchen ihrer Bekanntschaften durfte sie sich also für die Einladung bedanken...

Ein völlig Fremder, oder ein flüchtiger Bekannter? Erlaubten sich ihre Kollegen einen Scherz mit ihr? Stürmten sie gleich alle um die Ecke und riefen Überraschung?

Alles war möglich oder unmöglich?

Eines jedoch war ihr nicht zu nehmen...

Es blieb ein irres Abenteuer...

XXX

Die lange Anna

„Vermutlich würde sie irgendwann umfallen…" dachte Chris und musste über seine Gedanken Lachen, betrachtete noch für Augenblicke das eben geschossene Foto auf seinem Handy mit dem Original und steckte das smarte Teil wieder in die Gesäßtasche.

Wind, Wetter und Wellen umspülten das gewaltige, fünfundzwanzigtausend Tonnen schwere Stück Bundsandstein Jahr ein Jahr aus. Betonfundamente wurden eingelassen um sie zu stützen, ob es half? Der vorgelagerte Brandungsschutz tat sicherlich auch sein bestes, jedoch sicher nicht auf ewig.

Vor vielen Jahrzehnten war die lange Anna mit dem Festland verbunden. Ein Steintorbogen, den Seefahren bot sich von der Meeresseite her ein prächtiger Anblick.

Fünfzig Meter weiter stand die „kurze" Anna, sie war weniger berühmt und entstand nach einem Felsabbruch vor gut vierzig Jahren, wenn er den Informationen seiner Hirnwindungen einigermaßen vertrauen durfte.

Chris holte tief Luft, löste sich von dem Anblick, denn sein Magen fing furchtbar an zu knurren, außerdem besaß der eigenartige Geschmack im Mund bereits ein Eigenleben… bäh… ein zweites Frühstück oder ein „Vor-Mittag" wäre nun recht willkommen.

Anschließend war es dann Zeit für seine Dehnübungen um sich in der nahen Zukunft wieder einigermaßen schmerzfrei bewegen zu können. Sein Lauftraining entpuppte sich als mehr oder weniger schnelles Gehen, die Narbe schmerzte noch zu sehr und bei der Operation verrutschte Eingeweide musste zuerst ihren gewohnten und angestammten Platz wiederfinden. Der aufrechte Gang war daher auch noch nicht komplett möglich.

Der schmale Klippenrandweg führte ihn zu seinem Ziel, direkt ins Oberdorf und letztlich in ein gemütliches Straßenkaffee.

Seine Schrittfolge verlangsamte sich als er diese Frau vor ihm erblickte. Ein weißer Jeansmini strahlte im gleißenden Sonnenlicht mit ihren schulterlangen dunkelblondem Haar um die Wette.

In der linken Hand hielt sie eine lange Leine, an deren Ende ein silbergrauer Pudel saß und mit feucht-glänzenden Augen den weißen Möwen bei Ihren Landemanövern zusah.

Der kurze Mini straffte sich, umrahmte prall ihren Po, gab noch mehr von den sehr gut und wundervoll gewachsenen Beinen frei, als sie halb in die Hocke ging um wohl etwas aufzuheben.

Nein, es war kein Hundewürstchen was die Dame dort aufhob und zwischen ihren Fingern hielt, ein Feuerzeug war ihr demnach aus der Hand gefallen.

Die Urlauberin mit dem silbergrauen schien nicht mehr die jüngste zu sein, sah jedoch sehr mädchenhaft aus. Vielleicht lag es an ihrer Größe oder dem hellrosafarbenen Poloshirt, passend zu den rosafarbenen Turnschuhen. Chris war der unumstößlichen Meinung, dass die jung gebliebene Dame bereits gut und gern fünfundfünfzig Sonnenumrundungen hinter sich gebracht hatte, auch war sie kaum größer als Einmeter sechzig, genau diese gelungene Gesamtkomposition machte sie so interessant.

Das flammenspeiende Gasgerät quittierte wohl den Dienst, die temporäre Inselbewohnerin sah Chris an, lächelte und fragte ihn schüchtern ob er ihr wohl in dieser Situation mit Feuer aushelfen könnte.

Als passionierter Nichtraucher musste Chris leider verneinen, wünschte sich aber in diesem Moment den größten Flammenwerfer der Welt zu besitzen um der junggebliebenen hübschen Frau ihren Wunsch zu erfüllen.

>Na dann vielleicht ein anderes Mal, hier auf dieser Insel ist es ja beinahe unmöglich sich aus dem Wege zu gehen...< flüsterte sie mit einem süßen rauchigen Ton in ihrer Kehle der ihm eine Gänsehaut hinter den Pupillen bescherte und rief anschließend ihren Hund zu sich. Der silberne kam brav angehechelt und schmiegte sich an ihre schlanken Beine.

>Na, der Wuschel hat es aber gut...< sagte Chris und grinste im Kreis.

>Ja klar, er soll sich doch wohl fühlen bei mir... oder? Wie gesagt, bis zum nächsten Mal... und passen sie gut auf, dass die Enerbanske sie nicht holen...< sie grinste frech zurück und machte Anstalten zu gehen.

>Hey... Ener wer?<

Die Rosa Frau drehte sich um.

>Na die Enerbanske, Oennerske, die Unterirdischen...<

>Noch nie was davon gehört... hört sich nach Fabelwesen an... sollte er Recht haben?< Chris hob eine Braue.

>Richtig Fremder... Enerbanske sind Fabelwesen der Helgoländer Überlieferung. Sie werden als kleine Wesen beschrieben, den Heinzelmännchen gleich. Wie viele andere vergleichbare Wesen helfen sie im Haushalt und erledigen über Nacht die Arbeiten der Hausbewohner. Sie erscheinen auch bei Geburten und versuchen die Kinder mit ihren eigenen zu vertauschen.

Als Gegenmaßnahme sollen die Eltern die Füße des neugeborenen Kindes mit Butter bestreichen... oh man, was mach ich nur... ich plapper hier und langweile sie bestimmt, war nicht meine Absicht...<

>Nein nein, ganz im Gegenteil... eine fabelhafte Geschichte und übrigens, ich heiße Chris, Christian Albrecht...< er hielt ihr seine rechte Hand hin.

>Moni... Monika Friedrichs... na gut das ich sie nicht eingeschläfert habe. Die Mär der Enerbanske bekam ich vom hiesigen Hoteldirektor erzählt, fand es ganz witzig.< Sie drückte kurz seine Hand.

>Dann hoffe ich mal, dass es keine Geschichten von irgendwelchen Gespenster gibt, die hier ihr Unwesen treiben...< Chris ging in die Knie und streichelte Wuffis Fell, was der Hechler sich auch gefallen lies.

>Nun Herr Albrecht, da liegen sie etwas daneben... so eine Geschichte gibt es hier tatsächlich und recht gruselig eigentlich...<

>Einfach Chris... und wenn es nicht zu viel Horror auf einmal ist, dann erzählen sie mir die Geschichte...< sagte Chris, sie stand direkt vor ihm, sein Blick wanderte langsam ihre Beine hinauf und traf dann ihre Augen, der Wind spielte mit ihrem Haar... der Anflug eines wissenden Lächelns umspielte ihren Mund.

>Einfach Moni... auf die Gefahr hin das ich dich nun doch langweile... also, hör genau zu... als Helgoland Christlich wurde, hielten seine Bewohner dennoch fest am alten heidnischen Glauben. Da sandt der König einen Mönch nach Fositesland, dass ist der alte Helgoländer Name, nach dem friesischen Gott Fosite, Gott des Rechts und der Gerechtigkeit, im Germanischen heißt er Forsite oder so... er schickte also einen Mönch der Luthers Lehre vertrat, er ging nach Helgoland um zu Predigen. Die Bewohner stürzten ihn von einem Felsen herab in das Meer. Da wuchs ein steinern Gebilde aus der Tiefe, ganz wie ein Mönch gestaltet, und auf der Klippe ging der Geist des Bekehrers um und predigte mit einer Donnerstimme, so lange, bis sich die Leute dennoch zur neuen Lehre Bekehrten.

Dann hatte der Geist Ruhe, aber der steinerne Mönch blieb als ein sonderbares Wahrzeichen stehen... die lange Anna...< die letzten drei Worte flüsterte Moni nur.

Chris stand wieder auf, rieb sich über den Unterarm.

>Himmel, ich habe nicht nur an den Armen eine Gänsehaut... super Geschichte... ich steh auf so etwas...<

>Schön das es dir gefallen hat, die nächste Geschichte aber bei einer Tasse Kaffee... oder?<

>Sehr sehr gern... dann bis später...< der Kommissar reichte Monika noch einmal seine Hand, sie lies sofort wieder los, ihr Wauzi zog so heftig an der Leine das sie beinahe stolperte.

>Nino möchte weiter... wir sehen uns bestimmt noch mal... bis dahin... ach ja, in Vollmondnächten erscheint er manches Mal... der Mönch... genau hier... also schön die Augen auf...< Monika stolperte los, der Pudel zog an der Leine als rannte jemand mit einem Stückchen duftenden Fleisches vor ihm weg.

>Ja, bis dann...< rief Chris ihr schnell nach. Was für eine angenehme Begegnung.

Seine Augen „klebten" noch für Sekunden an ihrem runden Hintern, bis auch er weiter ging.

„Wiedersehen, warum denn nicht..." dachte Chris und verwarf den Gedanken sofort wieder als ihm Betty in den Sinn kam. Die Gefühle waren wieder da, hinter seinem Herz bauten sich Schuldgefühle auf, doch eben nicht so stark wie zu beginn ihrer „ersten" Liebe.

Natürlich war Chris seiner Bettina dankbar, sie rettete sein Leben. Aber war das schon der Auslöser für eine endlose Liebe? Endlose Dankbarkeit ja...

Chris strich sich über das Haare, zog seine buschigen Augenbrauen zusammen und überlegte angestrengt weiter.

Zu viel war passiert... Carvallo...

Als er es das erste Mal hörte, dass Bettina eine Liebschaft mit diesem Kerl hatte, machte es ihm nicht so viel aus wie jetzt.

Seine Gefühle waren ihr gegenüber irgendwie gehemmt. Das Gespräch auf der Bank...

Bettina wollte mehr, dass konnte Chris ihr einfach nicht geben. Nahm er sie in den Arm, musste Christian sofort an Carvallo denken. Ja, es hat ihn schwer getroffen, Raphaels Kugel in den Bauch und die Gefühle die dieser Irre nun in ihm auslöste zerrissen langsam sein Herz.

Diese Frau, diese zartrosa Frau einige Augenblicke zuvor, **sie** löste etwas in ihm aus.

Diese Dame und dieser wundervolle Anblick löste genau das in ihm aus, was er nicht in der Lage war Betty zu geben oder Betty ihm.

Einfach unglaublich.

Seine Schmerzen bekämpfte Christian immer noch mit der entsprechenden bunten Tablettenorgie, dass war schon die Wahrheit.

Nur schob Chris seine Schmerzen immer noch als Argument vor um mit Bettina nicht intim zu werden.

Falsch? Bescheuert?

Was war nur los?

Dann wieder die rosa Dame... sofort hätte er mit ihr...

Chris war auch nur ein Mann... so beruhigte er sich jedenfalls.

Und wem es bei solch einem Anblick und nach so einer langen Abstinenz nicht in der Hose kribbelte und krabbelte war eben **kein** Mann oder nicht von dieser Welt, oder?

Seine Gedanken kreisten und kreisten, immer nur um ein Thema. Der letzte Fall, es ging ja im Grunde nur um dieses Thema. Sex und Mord. Es ging um Religion, Besessenheit, Leidenschaft und so weiter.

Chris gähnte ausgiebig, rieb seine Hände aneinander.

Die Tage auf der Insel, die Tage des Genesungsurlaubs, waren gezählt. Bald ging es zurück.

Ihm wurde vorerst ein Schreibtischjob angeboten, um langsam wieder in den täglichen Ablauf des Dienstes zu kommen und sich einzugewöhnen.

Bei seiner Kollegin hingegen verhielt es sich etwas anders. Bettina liebte ihren Job, eigentlich, doch das Vertrauen an ihren Vorgesetzten war dahin, nicht mehr vorhanden, sie fühlte sich von allen allein gelassen.

So endete ja auch das Gespräch gestern Morgen, und nicht nur gestern Morgen, umstimmen lies sie sich nicht, auch nicht mit Versprechungen.

Ausschlaggebend war natürlich der letzte Fall.

Christian hingegen würde lieber gleich wieder vorne mit dabei sein, ab ins kalte Wasser, keine Faxen machen mit Eingewöhnung und so.

Sein Pflichtbewusstsein drängelte sich an die Oberfläche, er hatte genug vom Faulenzen und Rumgammeln.

Auch beobachtete er mittlerweile die Besucher und Urlauber dieser Insel, bewertete ihr Aussehen, ihre Kleidung, so weit war es schon. Schwarze Hemden, dunkelblaue leichte Jacken, schwarze Hosen des männlichen Geschlechts, noch tieferes Dunkelblau, dunkle Erdfarben bei den Damen und in der Kleidung auch der jüngeren Generation. Eine blass, graue Einsamkeit in den Gesichtern der Menschen die an ihm vorüber gingen, als wären all die Masse der Touristen in tiefer demütiger Trauer. Jeder passte sich dem anderen an, der Dresscode der Allgemeinheit, nicht auffallen, nicht anders sein, gleich sein, nur keine Blicke auf sich ziehen.

Manipulative Gleichschaltung oder einfach eine farbenblinde Selbstverwirklichung?

Sie verschmolzen bald mit dem Anthrazit der Dämmerung, dem Dunkelgrau der beginnenden Nacht, unbedeutende Schatten im Spiel der ewigen Zeit.

Chris blickte an sich herab und stellte erschrocken fest, dass seine Kleiderwahl ebenfalls dem Einheitsdresscode erlegen war...

„*Dass muss ich sofort ändern...*" dachte der verwundete Kommissar.

>Oh man... über was für Dinge denke ich nach.

Ich muss hier weg sonst bekomme ich noch Depressionen... oder werde bescheuert...< murmelte er vor sich hin und schüttelte mit dem Kopf. Die Frau mit dem Hund jedoch strafte ihn Lügen.

Rosa war die dominierende Farbe und es war erfrischend mal etwas anderes zu sehen. Einen frischen fröhlichen Farbklecks und vor allem ihr süßer Hintern.

Chris erreichte nach weiteren fünf Gehminuten das Oberdorf und suchte „sein" Café.

>Hier müsste es doch sein... nein halt, dort drüben...< murmelte er vor sich hin.

Ein Windhauch brachte Kaffee und Kuchenduft mit sich, strömte ihm entgegen, er schnupperte, also hier war er richtig, nur noch um die Ecke und...

Christian traute seinen Augen nicht, oder gaukelte ihm sein Hirn etwas vor? Eine Halluzination? Eine Sinnestäuschung? Sollte er vielleicht die Schmerzmittel weglassen?

Er sah ihr Gesicht nur von der Seite, erkannte die Frau anhand ihrer Kleidung dennoch sofort wieder.

Der graue Rock, die weiße Bluse...

Keine drei Meter von ihm entfernt saß...

Vivien Trussout...

XXX

Schicksal?

Eine Laune der Natur?

Die Gedanken explodierten in seinem Kopf, Schwindel packte ihn, sein Mund stand offen, jedem fetten Brummer im Umkreis wäre es eine Einladung gewesen und Chris hätte es vermutlich nicht einmal bemerkt.

Viviane dreht ihren Kopf in seine Richtung und blickte ihn an als käme er von einem anderen Planeten.

In ihren Augen blitzte es in der nächsten Sekunde hell auf und sie rief laut seinen Namen, erhob sich so schnell von ihrem Platz das der Stuhl umkippte, nahm die übergroße Sonnenbrille ab, strich fahrig einige Haare aus ihrem Gesicht, bügelte mit den Händen ihre Bluse und streckte die Arme nach ihm aus.

>allo mein liebär ärr Kommissär... das ist ja einö Überraschung...< rief sie so das es auch wirklich jeder mitbekam.

„allo mein liebär ärr Kommissär" so hallte es in seinen Ohren nach und wieder und wieder...

Viviane Trussout stand nun direkt vor ihm und seine „Starre" löste sich allmählich, auch die Lähmung seiner Stimmbänder verschwand.

>Viviane... das ist ja nen Ding... was machst du hier? Wie geht es dir? Was wieso???< stotterte Chris und in seinem Kopf erschienen nur Fragezeichen.

Die Hotelangestellte spielte mit, obwohl sie genau wusste, es konnte eigentlich nur Chris gewesen sein der ihr die Einladung zukommen ließ. Den Überraschten spielte er perfekt, dass musste sie ihm eingestehen.

Vielleicht gehörte es zu seinem Spiel, ein Spiel um die Liebe? Sie fühlte wir ihr Herz immer schneller schlug, sich ihre Wangen mit Blut anreicherten, oh wie wundervoll.

Ein Treffen mit ihm, mit Chris, genau das was sie sich wünschte. Kein Streich ihrer Kollegen aus dem Hotel, oder eine Einladung eines betuchten Hotelgastes der ein brennendes, sabberndes lechzendes Auge auf sie warf, sondern ein Liebestreff oder es sollte ein Liebestreff werden, Frau sollte ja nicht zu voreilig sein.

Chris, genau er, es war zum Wahnsinnig werden. Ihr Herz hüpfte vor Freude, Viviane hätte ihn auf der Stelle vernaschen können, aber sie spielte mit. Vielleicht mochte er noch etwas süßes im Schilde führen?

>Du ast disch nischt verändärt, sähr gut siehst du aus liebär är Kommissär. Allez, Abär was machst du ier, auf diesär gleinen Ile... Insäl?< so zwinkerte sie ihm die letzten Worte zu und umarmte ihn kurz.

Ihre Hände berührten sich und dem Kommissar standen sofort die Nackenhaare aufrecht, Vivianes braune Augen... sie waren wunderhübsch...

>Du sieht auch wundervoll aus. Das du hier bist, wie ist es die ergangen, es gibt eine Menge zu erzählen.<

>Oh Chris, **du** musst erzählon... du bist so schnäll aufgebrochän, wir gonnten uns nischt värabschidon...<
Ihre Worte klangen ein wenig vorwurfsvoll.

>Da gebe ich dir Recht. Das ist eine sehr lange Geschichte. Ich freue mich das wir uns hier getroffen haben und möchte dir alles erzählen.< Chris zog Viviane zu sich heran, sie ließ es willig geschehen. Eine spontane Aktion, als wenn er neben sich stand und nicht für seine Handlungen verantwortlich war. Vielleicht war es nun der Teil an Chris, der diese wärme einer Frau brauchte und sich **der** Frau die ihm eigentlich zugetan war immer ablehnte. Es brach einfach aus ihm heraus und er freute sich wirklich Viviane hier getroffen zu haben und hoffte inständigst sie an einem ruhigeren Platz wieder zu treffen, vielleicht bei einem Gläschen Rotwein?
Und genau das verabredeten die Beiden.

Nach Essen war ihm nicht mehr zu Mute, er bekam sicher nichts herunter.

Gegen Abend verabredeten sie sich nun zu einem „Date" in Vivianes bescheidener Unterkunft, die sich komischer- oder merkwürdigerweise nicht weit von seinem Hotel entfernt befand. Ein Abendessen gab es natürlich auch und sie versprachen sich gegenseitig, alles genau zu erzählen was in den letzten Monaten passiert war.
Zum Abschied gab es einen flüchtigen aber süßen Kuss.

Chris quittierte es mit einem Wohlwollen, dass Viviane ihre Lippen etwas länger als gedacht auf seinen verweilen ließ, es fühlte sich an wie ein kleines Versprechen.

Einige Herzschläge lang blickten sie sich stumm an und verabschiedeten sich voneinander, nachdem sie ihre Hotelnamen und Zimmernummer getauscht hatten.

Madame Trussout frühstückte noch zu Ende, so ging Chris wie auf Wolken allein zum Hotel zurück, zur Not aß er dort noch eine Kleinigkeit. Die Begegnung musste er erst einmal verdauen. Seiner liebsten Kommissarin erzählte er lieber vorerst nichts von dieser außergewöhnlichen Begegnung. Zuerst Moni, und nun Viviane, unglaublich.

Die Vorfreude auf den kommenden Abend wurde immer größer, mit jedem Schritt den er sich von ihr entfernte, eine willkommene Abwechslung im grauen Inselalltag. Gedanken wie, was ziehe ich bloß an, und was für Blumen mag sie wohl... diese Dinge beschäftigten ihn und vertrieben für ein paar Stunden jegliche Schmerzen, Sorgen und lästiges Hirngeflüster...

XXX

Viviane Trussouts Hotelzimmer
02.07 19:30 Uhr Helgoland

Die heißen Wasserperlen der Dusche waren ein Segen und es dauerte eine gefühlte Ewigkeit bis sie genug von der erholsamen Massage hatte.

Viviane war nun im Stande ein wenig ihre Gedanken zu ordnen. Wusste sie was sie da tat? Chris lud sie ein, demnach besaß er nicht auch ein bestimmtes Interesse an ein fantastisches Abenteuer... mit ihr?

Sie wollte und würde ihn verführen... das stand fest.

Die duftende Körperlotion, das passende Parfüm, das Nichts von Seidenbluse, der fehlende Büstenhalter, der grau super kurze enge Rock, zu warm für eine Strumpfhose, die hochhackigen Pumps, ihre schwarze Lesebrille, ihr Haar zum Pferdeschwanz gebunden so das sich ihr hellhäutiger schmaler Hals und ihre schmalen Schultern perfekt Präsentierten...

Madame Sekretärin bitte zum Steno...

Sie fühlte sich wie aus einem billigen Porno entsprungen... und es war ihr egal, sie fühlte sich soooooo gut... und sooo verrucht... und so albern... gleichzeitig.

Sie wanderte auf und ab, vom Fenster zur Tür und wieder zurück. Chris musste gleich erscheinen sonst fiel sie noch in Ohnmacht oder rannte zum dritten Mal zur Toilette.Hauchte wiederholt in ihre Hand und prüfte ihren Atem auf Geruchsneutralität, strich sich zum tausendsten Mal die Falten aus dem Rock.

Der Wein, die Gläser, alles stand bereit und wartete auf den Einen, in den sie anfing sich zu verlieben.

Ihre erste Begegnung, damals, an der Hotelrezeption, dass Erste was sie sah waren seine faszinierenden Augen, dann die beruhigende warme Stimme.

Sie verliebte sich sofort in sein Lächeln, es lächelte nicht nur sein Mund, nein, sein ganzes Gesicht, sein Körper und das machte ihn so sympathisch. Ein weiteres Lächeln huschte über ihr Gesicht als sie sich an eine weitere Szene erinnerte. Wie ein junger Teenager benahm sie sich als sie den Kommissaren das Nachtmahl kredenzte, so öffnete Viviane die obersten zwei Knöpfe ihrer Bluse um ihn auf sich aufmerksam zu machen.

Wie schön die Liebe doch war, manches Mal traf es einen völlig unvorbereitet, stand hilflos da mit seinen Gefühlen und wusste nicht wie es weiter gehen sollte.

Es Klopfte.

Sie erschrak derart heftig, dass der anschließende Schwindel ihr beinah den Boden unter den Füssen zog.

>Ün Moment, isch kommä sofort...< rief Viviane laut und öffnete nach dem sie noch einmal den Sitz des Rocks überprüfte.

>Bonsoir Chris, schön das du gekommen bist. Isch freue misch...< Sie wartete nicht auf seine Antwort sondern nahm in sofort in den Arm, spürte seine Muskeln durch sein dünnes Baumwollhemd und hörte sein Herz wild klopfen.

>Hallo Madame Vivi, du siehst verzaubernd aus, du hast dich kein bisschen verändert, doch... du bist noch hübscher geworden. Wie wir uns kennen lernten, ist das der Rock den du trugst, die Bluse? Chris hielt ihr einen kleinen Blumenstrauß entgegen.

>Oui... so ist es... nur für disch... bittä komm doch erein... möchtäst du einän Schluck von die Rotwein?< die erste Welle der Nervosität legte sich bei Viviane, auch Chris wurde ruhiger, jedenfalls seine Unsicherheit baute sich zusehend ab, die Erregung aber steigerte sich immer weiter. Viviane haute ihn von den Socken, sie sah unglaublich aus und er fühlte das sie etwas mit ihm vor hatte... was für ein wundervolles Gefühl...

Viviane wässerte das kleine Blumenarrangement, stand nun strahlen vor ihm mit zwei Gläsern Wein in den Händen, bekam eines davon gereicht, sie stießen an und tranken beide die großen Kelche beinahe in einem Zug leer. Mit der linken Hand nahm Chris ihr die Brille ab, legte zwei Finger unter ihr Kinn und zog sie sanft zu sich heran. Viviane duftete himmlisch, und küsste sie so zart und vorsichtig als bestünde die seidige Haut auf ihren Lippen aus Schmetterlingsflügeln, die bei einer groben Berührung zerbrechen konnten.

>Isch möschte und wärde disch nischt wiedär verlierän, einfach so gehän lassän, isch will einä Memoire, eine Erinnerung an den Tag, der Tag an däm wir uns wiedertrafän...< Ihr Augenaufschlag blitzte ihn an, Chris befand sich mitten im warmen Zuckerland...

Ihr süßer Dialekt, die feine Stimme, ihre Worte tropften wie Honig in seine Ohren, vernebelten seine Sinne auf einer Weise wie er es noch nie fühlte...

Sie zitterte vor Erregung und Küsste ihn ebenfalls, vorsichtig tupfte und betastete ihre Zungenspitze seine Lippen, schob sich zwischen ihnen und suchte nun gierig nach seiner Zungenspitze.

Ein Leidenschaftlicher inniger Kuss der da entstand und einfach nicht aufhören wollte.

>Hmmm... peut-etre, vielleicht klingt äs ätwas inhabituellement sourdine, also wie sagän sie, ungewöhnlisch odär wie sagt man noch, etwas schräg... was isch von dir verlangä... abär s il vous plait, bittä Spiel mit... es ist etwas was isch gärn machä... das ist moi ebats amoureux... mein Liebesspiel...< hauchte Viviane in seine gerötete Ohrmuschel, fasste nach seiner Hand zog Chris und sein imaginäres Fragezeichen was gut sichtbar über seinem Kopf zu schweben schien mit bis zur rechten Betthälfte, davor blieben sie stehen.

>Dreh disch bitte üm, isch sagä dir wann du su mir gommän gaannst bittä.<

>Ja natürlich Viviane, nimmt dir die Zeit die du brauchst... ich laufe auch nicht weg.< sagte er leise grinsend, nahm noch einen kräftigen Schluck Wein, drehte sich um und schloss seine Augen.

>Es geht sär schnäll ma Cherie...< wisperte sie.

Chris hörte wie ihre Kleidung zu Boden fiel, dann ein Rascheln, als Viviane die Bettdecke zurück zog.

>Du kannst nun schauän und zu mir kommän. Cherie, du gannst alles machän was du willst... bittä bittä...< bettelte sie, ihre Stimme klang dabei ungewöhnlich dumpf.

Im nächsten Moment sollte er auch erkennen warum.
Christian Albrecht öffnete seine Augen und drehte sich langsam um.
Seine nackten Füße steckten in dem dicken Teppich vor Vivianes Bett fest, und seine Drehung wäre beinah schief gegangen, wohl auch deshalb weil er bei dem was er sah etwas erschrak... das war nun wirklich schräg, wie angekündigt und für ein paar Augenblicke stand er hilflos vor der großen Liegewiese mit seiner Französin darauf und wusste nicht was er „damit" anfangen sollte.
Dann kam es ihm in den Sinn... irgendwo las er etwas darüber oder gab es etwas im Fernsehen? Oder ein Fall den sie irgendwann einmal bearbeiteten?
Was er betrachtete war außergewöhnlich und doch einfach und leicht zu beschreiben.
Viviane lag nackt auf dem großen Hotelbett, beziehungsweise, sie lag da, doch man konnte sie nicht direkt erkennen. Keine Bewegung und kein Geräusch verursachte sie.
Seine Französin lag auf dem Rücken. Ein weißes, sehr sehr dünnes Laken oder Seidentuch bedeckte ihren gesamten Körper, auch ihren Kopf und schmiegte sich um ihre speziellen Konturen.

Ihre Arme lagen über dem Kopf ausgestreckt. Ihre Brüste waren nicht besonders klein, eher das genaue Gegenteil.

Sie zeichneten sich sehr gut ab, was und das musste er Augenbrauen hebend anerkennen, sehr appetitanregend aussah.

Unter ihrem Hintern lag wohl ein kleines Kissen oder ähnliches, ihr Becken war an dieser Stelle etwas erhoben und so zeichnete sich selbst ihre süßeste Stelle unter dem super-dünnen Stoff ab, spätestens jetzt wurde Chris neugierig was wohl als nächstes geschehen sollte.

Ihr Brustkorb hob und senkte sich, aber man musste sehr genau hinsehen um es zu erkennen.

Diese Szenerie besaß einen Hauch von Grusel, es sah aus als läge hier eine abgedeckte Leiche. Nekrophilie? Oder so etwas in der Richtung? War Viviane pervers veranlagt?

>Viviane, was soll ich nun machen? Darf ich dich berühren?< flüsterte er verlegen und bekam keine Antwort.

Chris beugte sich nun vorsichtig über sie und küsste sehr sanft ihren Mund, ihre sich deutlich abzeichnenden Brustspitzen, einen Kuss auf ihre gewölbte Scham, dass Tuch schmeckte nach Waschpulver.

Nichts, keine Regung... jedenfalls nicht bei Viviane.

Diese Geschichte war neu für ihn, unglaublich, fasziniernd, abartig?

Ansichtssache...

Er wurde nun mutiger und sein Zeigefinger kreiste zuerst über ihren Bauchnabel und rutschte dann hinab zu dem was er am liebsten ertasten mochte...

Viviane war an dieser Stelle nicht feucht, nein, dass Laken war hier schon stark durchnässt.

Also empfand sie doch etwas, und mochte seine Berührungen, nur sagte sie nichts, denn sie spielte ja eine... ja, eine Leiche?

„Du meine Gute, was erlebe ich hier..."jubelte es in seinem Hirn.

Das langstielige Weinglas stand nicht weit entfernt und das trank Chris erst einmal kurzerhand leer.

Er räusperte sich und glitt wieder hinüber zu seiner „aufgebahrten" Herzdame. Chris entledigte sich auch noch seiner letzten Kleidungsstücke. Überdeutlich war seine Narbe zu sehen, nicht sehr ansehnlich, dass jedoch störte hier mit Sicherheit niemanden.

Christian hockte sich neben Viviane, war unsicher was er nun unternehmen sollte oder musste, denn es war ja ihr Spiel. Was hatte sie oder vielmehr wie hatte sie es am liebsten?

Seine Zunge glitt über seine Lippen, atmete tief ein und berührte sanft ihre Beine.

>Messer...< hauchte Viviane erstickt.

>Messer?< flüsterte Chris. >Habe ich richtig gehört?<

Sie sagte wieder nichts. „OK, Messer..." dachte er und dann fiel der zwei Tonnen schwere Penny.

Schnell fingerte der Kommissar eine Schere aus dem Nachttisch der breiten Schlafanlage und näherte sich vorsichtig und mit zitternden Fingern der nun sehr deutlich sichtbar angenässten Stelle der hauchdünnen Stofflage. Noch vorsichtiger hob er das Laken mit dem aromatisch weiblich duftenden feuchtwarmen Fleck leicht in die Höhe und schnitt einen etwa zehn Zentimeter Kreis heraus.

Der anschließende Anblick peitschte einen Hormonschub in seine Blutbahn und lies sämtliche Gliedmaßen nicht nur versteifen, sondern beinahe explodieren, zumindest ein ganz bestimmtes.

Kein Gedanke an Bettina oder der rosaroten Frau von heute Morgen, keine Gewissensbisse, oder doch?

Nein, nur das hier zählte, was für eine Geschichte.

Dem schwarzgekittelten Sensenmann vor wenigen Monaten noch gerade von der Schippe gesprungen und nun kostete er dieses Abenteuer aus, egal was da kommen mag...

Der totale Rausch, Wahnsinn.

Zum ersten Mal hörte Chris so etwas wie einen leisen erregten Schnaufer seiner Gespielin. Ein Schauer, ein leichtes Zittern unter seinen Händen verspürte er., ansonsten verhielt sie sich völlig still, rührte sich nicht, einer „Leiche" ebenbürtig.

Viviane hielt es sicher kaum noch aus, das spürte er, hörte ihr hartes Schlucken, und Chris mochte sie nun auch nicht länger warten lassen.

Er glitt über sie und machte das worauf sie wohl sehnlichst wartete, zart und weich fühlte sie sich an, bewegte sich langsam auf und ab. Erst nach einer kleinen Weile fing Viviane an zu schnaufen zu stöhnen, dass trieb wiederum ihn an.

Chris bewegte sich wilder und wilder, dass Tuch verrutschte dabei etwas, legte ihre Beine frei, Vivianes Gesicht sah er immer noch nicht. Ihr stoßweise kommender Atem hob das Tuch direkt über ihren Mund an. Bei jedem Luftholen sog sie es fast ein.
 Schneller und schneller, wild und zart und seidig...
 Die süße „Frauenleiche" erwachte zum Leben, Viviane verkrampfte sich und Schrie ihn auf Französisch wie wild an.
 >Prends- moi.. je viens... aaahhh...< ihre Fingernägel kratzten auf seinen Rücken ihren Namen ins Fleisch, so meinte er es jedenfalls zu Fühlen und tat es ihr gleich, rief ihren Namen als er kam und presste sie sekundenlang hart an sich.

Chris lockerte den Griff, lies sich zur Seite rollen, atmete heftig ein und aus, jetzt spürte er auch seine Narbe wieder, presste eine Hand darauf. Sein Blick sezierte die Deckenbeleuchtung und versuchte zu begreifen was gerade geschehen war,
 >Chris, s il vous plait, eteindre lumiere... Lischt... ausschalten...< stotterte Viviane.

Ihr Atem war völlig außer Kontrolle, beruhigte sich aber langsam.

Sämtliches Licht ließ sich per Fernbedienung ausschalten, was für ein Luxus. Es wurde augenblicklich dunkel, nur wenig Licht schien durch die dicken schwarzen Vorhänge am Fenster

Christian zog die Bettdecke über sich und seiner Gespielin, sie drehte sich zu ihm und begrub ihr Gesicht an seiner Schulter.

>Sieh misch nischt an... ich bin sale... schmutzig... excuse moi... sei mir nischt böse... verurteile misch nischt... lieber Chris... embrassez moi, umarme misch...< schluchzte sie beinahe.

>Es ist alles in Ordnung meine Liebe... ich war nur ein wenig, sagen wir... überrascht... so etwas kannte ich noch nicht. Eine Erfahrung die mir wohl entgangen war, bisher... es war wahnsinnig aufregend...<

>Danke für dein entente, Verständnis. Weist du, es gibt mir einen Kick... daas ist unglaublisch, ich weiss nischt woär es kommt, wie isch es beschreibän soll, äs iist einfach so. Das Tuch übär meinäm Kopf, der Sauärstoff wird dadursch redusiert und isch bewäge misch in der Nähe einär Impuissance, Ohnmacht. Die Emotions, Gefühle sind dabbei tausände Mall stärkär als gewöhnlisch... je suis desole... es tüt mir leid, solltä äs dir nischt gefallän abbän...< Schweißperlen rollten über ihre Stirn, versteckten sich im weißen Stoff des Lakens.

>Oh... doch doch Liebste... nun, jeder hat seine Vorlieben, wobei ich jetzt nicht explizit erklären könnte was meine Neigungen sind.

Es gibt da sicher ein paar Ding, nunja... schlummert man miteinander... so ist es einfacher zu erklären...<

>Schlummärn?< sie sah ihn an, spielte mit ihren Fingern in seinem langen Nackenhaaren.

>Ja, Schlummern, miteinander Schlafen... dann fällt es irgendwie leichter...<

>Dormir ensemble... aha, isch verstehä disch... und es ist beruhigänd und wundärschön nebän dir su liegän... mit dir su träumän... und isch bin dir sär dankbar das du misch eingeladän ast... dankä liebär Chris... für alläs...< Viviane streichelte vorsichtig mit der flachen Hand über seine rosarote Narbe...

>Woär stammt die Narbä? Ein Unfall?< mit neugierigen großen Augen blickte sie ihn im Halbdunkel an.

Im ersten Moment wusste er nicht was er ihr Antworten sollte. „Eingeladen? Ich? Wieso eingeladen?" dachte Chris und war total verwirrt, nahm ihren Arm zur Seite und setzte sich halb auf, sah sie an.

>Sag bitte, wie kommst du darauf das ich dich eingeladen hätte?< fragte er erstaunt.

>Chris, du brauchst nischt mär zu flunkärn, es ist ok... abe disch durchschaut mein Süßär... und auch dankäschön für das zweitä wundärvollä Präsent, einä ausgezeichnetä Wahl.

Vielleicht ätwas su äng, so bin isch doch nischt die dünnstä...< Viviane lächelte ihn wissend an. Mit einer Hand fasste sie an ihren Pferdeschwanz, zog an dem Haargummi und schüttelte ihren Kopf so das ihre Mähne flog. Mit den Füssen zog sie die Bettdecke herab, es war warm geworden unter dem Baumwolltuch, Viviane zog ihre Knie an, lies sich auf das Kopfkissen fallen, legte wieder ihre Hände hinter den Kopf, lächelte und schloss ihre Augen.

Chris schaute sie an, dass erste Mal das er sie so nackt sah, so völlig entblättert, ihre Brüste sahen fantastisch aus, eine hinreißende Frau, an jeder wichtigen Stelle wohl proportioniert, er gab ihr einen weiteren zarten Schmatzer auf ihre erhitzte glutheiße Wange.
Was sagte sie eben gerade? Bei diesem Anblieck schmolzen siene Gedanken dahin wie Eiskristalle an der Oberfläche einer strahlenden Sonne.
Woher er die Kraft nahm, dass wusste Chris selber nicht.

Es rührte sich schon wieder etwas an der unteren Hälfte seines Körpers, er setzte sich auf, hockte sich vor Viviane, fasste ihre Beine an den zarten Fußknöcheln, legte sie auf seinen Schultern und zog sie mit einem Ruck zu sich heran. Die Tatsache das sie es zuließ trieb ihn weiter an, ließ seinen Verstand ausschalten, er durfte es und er tat es auch.

Chris liebte sie nun nach seinen Regel, nach seinem Liebesspiel.

Es war wild, es war etwas zu hart, vielleicht, doch sie genoss das Animalische was diese zarte brutale Bestie mit ihr anstellte.

Sie klammerte sich an ihn, leckte gierig seine Brustwarzen, dann sein letzter harter Stoß, der war zu viel, es verkrampfte sich so wunderbar süß in ihr, sie glaubte zu sterben, niemand konnte diese heiße Lust überleben, ihr Herz ihre Seele verbrannte im Feuer der Ekstase, der angestaute Druck in ihrem Inneren wurde zu viel und entlud sich mit einem langen Schrei, sie zuckte wild, biss ihn in die Schulter und fiel halb ohnmächtig zurück aufs Kissen. Chris`s Hüfte vollführte wahre Wellenbewegungen immer schneller immer Leidenschaftlicher. Seine süße Französin hielt seinen Druck stand, presste sich an ihm, er umfasste nun hart ihre Schulter bis Christian ein zweites Mal an diesem frühen Abend ihren Namen rief und dabei völlig überhörte das es zornig an der Wand vor ihnen Hämmerte.

Wieder lagen die beiden wie geschmolzenes Wachs nebeneinander und rangen nach Atem, tauchten aus einer fernen Dimension auf die sich Liebesrausch nannte, fanden zurück in die Realität.

Jetzt hörten sie auch das nächste Poltern an der Wand, die Liebenden waren wohl aufgefallen im Rausch und beide Lachten so ungezwungen, als kannten sie sich bereits eine Ewigkeit.

>Viviane, du sagtest vorhin so etwas wie ich hätte dich eingeladen?<
>Oui Chris...<
>Das ist merkwürdig... Aber ich muss verneinen... ich habe dich nicht eingeladen.

Auch habe ich an deine Adresse kein Geschenk versandt.< er legte seine Stirn in Falten und sprach weiter.

>Du weist es sicher noch, dass erste Mal als wir uns trafen... mein oder unser eiliger Aufbruch. Der Fall, ein Auftakt zu einem großen Spektakel. Wir waren einem Gangsterpärchen auf der Spur. Das Bild auf dem Laptop war der Auslöser, du hast es gesehen. Ich wurde auf der Verfolgungsjagd angeschossen, das war in Italien. Jetzt bin ich hier, zur Genesung, Erholung. Auch wenn ich es gern getan hätte, ich habe dich nicht eingeladen, sorry, dass es **mir** nicht eingefallen war...<

Viviane sah ihn ungläubig an, verstand die Welt nicht mehr.

>Wenn du es nischt warst, wär hat misch dann eingeladän? Isch verstähä das nischt... wenn du es nischt warst, wär war äs dann? Wir abben uns ihr getroffän, das kann kein Zufall sein odär?

172

At sisch das jemond ausgedacht? Oder doch ein Akt
där Vorsähung was uns zusammängeführt at?<

>Vielleicht meine Liebe, nur eins musst du wissen, ich
bin nicht alleine hier. Du kennst sie auch, die
Kommissarin aus dem Hotel, du hast sie gesehen, sie ist
auch hier und ich glaube... sie wird mir jetzt sehr sehr
böse sein...<

XXX

Das Phone fing an eine mehr oder weniger bekannte Melodie zu dudeln. Erst nach einigen Sekunden bemerkte Bettina es und zog umständlich das flache Telefon aus der kleinen Gesäßtasche ihrer engen Hotpants. Die Stirn lag bereits in tiefe Falten als sie das Display betrachtete und ihr nach einem Lidschlag lang der Überlegung einfiel wer da anrief...

>Wer stört hier meinen wohlverdienten Urlaub?< flötete Betty zur Begrüßung, obwohl sie bereits wusste wer da am anderen Ende mit ihr sprechen wollte.
>Hi Bettina... Carl hier... wie geht es euch?<
>Hallo Carl, ja... bis eben noch gut... sag nicht es gibt etwas ernstes zu besprechen... bitte nicht... zerstöre nicht das Paradies... und was ist eigentlich mit deiner Stimme los?< ihr drohender Unterton war nicht zu überhören, ihr anschließendes Lachen aber auch nicht.
>Nein Nein... das würde ich nie wagen... in keinster Weise... meine Stimme? Nee, kleine Erkältung nichts bedeutsames. Also der Grund meines Anrufes, es geht nur um eine Info. Ich hatte mehrmals versucht irgendwie Chris telefonisch zu erreichen, nichts. Ist er bei dir? Oder könntest du ihn rufen?<
>Soso... ich bekomme wohl keine Infos mehr oder, bin wohl nicht mehr wichtig genug...?

Aber egal, einen Moment, ich gebe dich weiter...<

 >Hier... Carl mit Infos.< Bettina reichte die Flunder an Chris weiter.

 >Hallo Carl, was gibt es neues aus der Zentrale... wie geht es dir und den Kollegen?<

 >Nun...< fing Carl den Satz an und holte hörbar Luft.

 >Leichte Erkältung bei mir und die Hälfte der restlichen Truppe liegt flach. Das geht ja immer schnell rum die Seuche, kennst du ja... also, eigentlich die Informationen für euch beide und nicht unbedingt von Belang, beziehungsweise, könnte von Belang werden. Ich weiß auch nicht ob ihr zwei schon etwas davon gehört habt.

In gewisser Weise ist ein Katastrophenfall eingetreten, naja, sagen wir Mal... nicht in gewisser Weise, sondern es ist ein Katastrophenfall... und zwar beinahe zeitgleich in mehreren Städten. Sagt dir oder euch der sogenannte Goiania Unfall etwas? Seinerzeit in Brasilien...<

 >Goiania Unfall... irgendwie klingelt es da bei mir, ist aber nicht laut genug und kommt daher nicht ganz an. Um was handelte es sich dabei genau? Bettina, weißt du etwas darüber?<

 >Tja, entfernt schon... und wir sind nicht bei Jauch, habe keinen Joker mehr, Carl soll berichten, los...<

 >Betty weiß auch nichts, also schieß los.<

>Ja, hab ich vernommen. Also gut, dann möchte ich euch die Geschichte nicht länger vorenthalten. Es muss das Jahr 1987 gewesen sein, September meine ich. Wie gesagt, Brasilien, die Stadt Goiania.

Zwei Diebe drangen in das Goiânische Institut für Radiotherapie ein, eine verlassene Klinik in Goiânia, und entwendeten dort mit einer Schubkarre ein seit zwei Jahren ausgedientes Strahlentherapiegerät, weil sie das Metall für wertvoll hielten. Sie öffneten das Gerät teilweise in einem Hinterhof und erlitten Verbrennungen durch Betastrahlen.

Da sie nicht in der Lage waren, das Gerät noch weiter auseinanderzubauen, verkauften sie es an einen Schrotthändler, um aus dem Altmetall Profit zu schlagen. So weit verstanden?<

>Ja klar, erzähl weiter...< Chris schaltete schnell die Freisprechfunktion ein, damit Bettina alles mithören konnte.

>Ok, und weiter im Text. Also, die beiden Diebe verscherbelten den Krempel an Schrotties. In der häuslichen Garage bastelten die neuen Besitzer weiter herum, so schraubten die Metallhändler also weiter an dem Strahlentherapiegerät herum und legten nun die Bleiabschirmung des Isotopenbehälters frei. Jetzt fängt die Geschichte eigentlich erst richtig an. Ihr werdet es nicht glauben was danach geschah...

Beim dem Zerlegen des Geräts öffnete dieser den Bleibehälter mit dem radioaktiven Caesium-137, so das dieses aus dem Gerät entweichen konnte.

Das in der Dunkelheit blau leuchtende Pulver, das normalem Kochsalz sehr stark ähnelt, faszinierte den Schrotthändler, sodass er es mit nach Hause nahm und es an Familienmitglieder und Bekannte weitergab.

Der Schrotthändler wollte seiner Frau aus dem blau leuchtenden Material einen Armreif fertigen. Da das Salz die Luftfeuchtigkeit anzieht, haftet es leicht an Körper und Kleidung und vereinfacht die Verbreitung. Ich meine, der Bruder des Schrotthändlers war es... er malte sich ein im dunkel blau leuchtendes Kreuz auf sein Hemd... mit Caesium 137... nicht zu fassen...

Er verschleppte das Teufelszeug auf seinen Bauernhof. Mehrere Tiere starben einige Tage später und er selbst, ich meine vier Jahre nach dem Vorfall. Es starben noch mehr Menschen an der Strahlenvergiftung. Häuser mussten evakuiert werden, anschließen wurden sie gereinigt oder komplett abgerissen. Vierzig Tage nach dem Diebstahl und der Freisetzung des radioaktiven Isotopes, starb die sechsjährige Nichte des Schrotthändlers... die kleine Maus atmete den kontaminierten Staub ein, der beim öffnen des Behälters entstand.< beinah emotionslos berichtete Carl den Vorfall, doch bei seinen letzten Sätzen wurde seine Stimme rau und kratzig. Auch Betty und Chris mussten kurz durchatmen.

177

>Carl, erzähl weiter...<

>Ok... die Mutter der kleinen starb am selben Tag. Beide bekamen eine Strahlendosis von circa fünfkommavier Gray ab... das müssten in etwa fünftausendvierhundert Millisievert sein, eins zu eins umrechnen geht glaube ich nicht, kann mich aber auch täuschen. Empfangene Strahlendosen im Bereich von sechstausend Millisievert sind in den meisten fällen letal. Der Vater, also der Schrotthändler selber, wurde mit gut sieben Gray, also circa siebentausend Millisievert kontaminiert.

Er starb aber erst knapp sieben Jahre später. Der Müll, der nach der Reinigung und Dekontaminierung der Stadt anfiel, wurde vor den Toren von Goiania deponiert. Faktisch ein riesiges Betonendlager.

Strahlung ist ja in der Natur überall zu finden. Bauunternehmen die tief Schachten und Graben sind sich teilweise gar nicht bewusst wie gefährlich sie leben. Grubenarbeiter auf der ganzen Welt sind dem radioaktiven Radongas, einem Edelgas, in hohen Dosen ausgesetzt. Das nur im Boden vorkommende Radongas gibt es in den verschiedensten Konzentrationen. Selten kümmerte sich jemand darum. Marmor, Granit, Naturstein, gebrannte Ziegel, Lehm-verputzte Wände, selbst unsere Fliesen im Bad geben ionisierende Strahlung ab, beziehungsweise emittieren dieses Gas, was wir letztendlich einatmen und so kann die Alphastrahlung unser Lungengewebe irreparabel schädigen. Es nicht gerade wenig.

Bestimmte Granitsorten sind hierbei am Gefährlichsten. Die WHO schätzt das die Hälfte aller Lungenkrebsfälle auf dieses Gas zurückzuführen sind. Auf eurer Insel, da seit ihr im übrigen sehr sicher vor den Ausdünstungen.

>Ok, aber was hat jetzt mit Deutschland zu tun? Gab es einen ähnlichen Vorfall?< Chris wurde nervös.

>Gut, das war die Vergangenheit, nun zur Gegenwart... und entschuldigt bitte das ich so weit ausgeholt habe... ja, es ist in good old Germany so etwas ähnliches passiert. Katastrophenalarm wurde ausgelöst, wie gesagt beinah zeitgleich in drei weit auseinander liegenden Städten, im Bundesland Niedersachsen.

Als da wären zu nennen... Hannover, Braunlage im Harz und Wilhelmshaven... sagt mal, hört ihr eigentlich keine Nachrichten? Gibt es bei euch keinen Fernseher?

>Nein Carl, dafür haben wir keine Zeit. Fernseher an diesem wundervollen Ort, was für eine Sünde. Was war denn nun der Auslöser für den Katastrophenfall in diesen Städten?<

Carl entschloss sich für eine Kunstpause bevor er sagte...

>Caesium 137...<

XXX

Bettina und Christian sahen sich ungläubig an.

>Also die gleiche Substanz wie in Brasilien? Über welche Mengen sprechen wir hier? Was ist genau passiert?< wollte Chris nun ausführlich wissen.

>Christian, du kennst mich ja... Kernspaltung, technische Dinge sind eben mein Steckenpferd. Da hänge ich mich und mein Näschen immer etwas weiter hinein... also habe ich wirklich etwas genauer hingesehen und tiefer gebohrt. In Hannover traf es ein Pärchen mittleren alters. Eine Paketlieferung, Absender unbekannt. In Braunlage, eine kleine Stadt im Harz, ein ähnlicher Fall. Das Paket wurde nicht geöffnet und sofort an den Postboten zurück gegeben, falsch adressiert. Der dritte Fall, Wilhelmshaven, eine achtundzwanzig-jährige Frau, auch ein Paket. Die Herrschaften aus Hannover und Wilhelmshaven, die direkten Kontakt mit diesem Zeug hatten, wurden schwer verstrahlt. In Braunlage hält es sich, für die Empfänger der Sendung, verstrahlungsmäßig in Grenzen. Nur, dort ist der größte Teil des Caesiums in die Umwelt gelang. Ein Bote, einer sehr bekannten Lieferfirma, nicht die gelbe... musste wohl ein sehr großes und kriminell übergeordnetes Interesse an diesem zurück gegebenen Paket gehabt haben. Er öffnete es wohl absichtlich oder unabsichtlich, und so verteilte dieser Herr, unbeabsichtigt natürlich, dass gesamte Caesium in der Stadt.

Der Ort wurde komplett abgesperrt und weitestgehend evakuiert.

In allen Orten wurden mehrere unbeteiligte Menschen leicht verstrahlt. In allen genannten Städten gibt es Wetter- oder Umweltstationen die Alarm ausgelöst haben.

Die Menge, ja... ich denke mal, in etwa gleich der Menge in Goiania, nur eben durch drei geteilt. Da müsste ich noch einmal nachforschen.

Die Polizei und der Katastrophenschutz suchen immer noch Fieberhaft nach weiteren kontaminierten Personen. Doch nun kommt der eigentliche Punkt warum ich euch angerufen habe.< wieder eine Kunstpause.

>Jetzt mach es nicht so spannend.< mahnte Chris.

>Ja doch... es geht um die Personen, an denen diese „Pakete" verschickt wurden. Die eine Sendung wurde ja falsch zugestellt, doch auch in den Fall passt alles zusammen. Wie ich es bereits erwähnte, mich interessierte die Geschichte und so habe ich noch tiefer als gewöhnlich meine Nase in diverse Berichte gesteckt, bestimmte Leute angerufen und genervt, Kollegen gebeten die mir noch einen Gefallen schuldig waren, weiter recherchiert.

Ihr werdet es nicht für möglich halten... haltet euch also irgendwie fest. Alle Protagonisten an denen also die Warensendungen adressiert und zugestellt wurden, waren angemeldet bei einer uns sehr wohl bekannte Internet-Single-Agentur.

GOL
Galaxie of Love.

XXX

Niemand sprach in den nächsten Sekunden ein Wort. Bettina fand schließlich ihre Sprache als erste wieder.

>Dann ist sie wieder da... Katharina... wir haben eine Spur.< sagte sie leise.

>Oder nur ein dummer Zufall?< konterte Chris mit ebenfalls gesengter Stimme.

>Nein, Zufall schließe ich aus. Katharina Gerland war nie weg, nur abgetaucht.< quäkte es aus dem Telefon bevor die Verbindung zusammenbrach.

>Carl? Hallo?...< versuchte es Christian. Doch die Verbindung war unterbrochen.

Sie sahen sich mit offenem Mund an.

>Kann es wirklich sein? Holt sie zum großen, letzten Paukenschlag aus? Oder doch eine Terrorgruppierung die eine neue Art von Anschlägen einläutete? Sei`s drum, wir müssen sie finden, irgendwie. Die Anschläge mit diesem Cäsium, das traue ich ihr durchaus zu oder ist es ne Nummer zu groß für die irre Dame?< Der warme Südwest- Wind spielte mit Bettinas Haar, doch sie fröstelte und vereiste innerlich...

>Ich bin deiner Meinung Betty, dass traue ich ihr zu. Nur wie kommt Katharina Gerland an dieses Zeugs?

>Ich kann nicht mehr denken... mein Kopf platzt gleich... die Vergangenheit holt uns wieder ein, und ich muss zugeben, schneller als gedacht. Ich weiß es nicht, lass uns doch erst einmal zu diesem Tatort gehen, alles besichtigen, dann entscheiden wir wie es weiter geht, oder möchtest du sofort aufs Zimmer zurück, packen und Abreisen?<

Chris setzte zur Antwort an, wurde aber erneut vom Handy unterbrochen.

>SMS von Carl... *lasst uns später noch einmal telefonieren... ich behalte meine Vermutung vorerst für mich... ich stürze mich jetzt in die weitere Recherche... seit bitte vorsichtig... Carl.*<

>Schreib ihm kurz was wir gleich vor haben. Sonst versucht er es noch tausend Mal...< befahl die Kommissaren außer Dienst.

>Schon geschehen... ja, den Tatort möchte ich mir kurz ansehen, irgendwie haben wir auch die Verpflichtung dazu. Betty, wo müssen wir noch hin?<

>Ich meine die Berliner Straße. Wir sind in der Kieler Straße, also ein kurzer Hasenhüpfer... komm, hier lang...<

Beide sprachen kein Wort miteinander auf dem kurzen Weg zum Orte des Geschehens. Die Gedanken beider Kommissare kreisten um das selbe Thema.

Katharina...

Sollte es wirklich so sein? Kam das Grauen mit großen Schritten erneut auf sie zu? Wenn ja, und da gab es bei den beiden kein Diskussionsbedarf würden sie sofort abreisen.

Vielleicht wühlte Carl schon eine Idee zu Tage, einen kleinen Ansatz, irgendetwas.

Die Tatorte, auch wenn hoch verstrahlt mussten sie besichtigen oder gegebenenfalls sich die Informationen der Kollegen besorgen. Berichte der Forensik, Zeugenaussagen und so weiter.

Schon nach wenigen Gehminuten sahen die zwei Beamten auf Urlaub die abgesperrte Zone um den Eingang der Ferienbehausung in der Berliner Straße. Schon ungewöhnlich was hier auf dieser kleinen Insel passiert war.

Ein alleinstehender Mann in den besten Jahren wurde tot in seiner Ferienwohnung aufgefunden.

Als zahlender Gast checkte er hier vor zwei Tagen ein. Der Polizeieinsatz blieb den beiden Kommissaren nicht verborgen. Ein großer Volksauflauf mit einhergehender Geräuschkulisse, Absperrband der Polizei, dass regte eben die Neugier an. Hier auf Helgoland war sowieso alles sehr nah dran und nichts weit weg.

Rein Interessen halber rief Chris am Morgen bei der hiesigen Polizeidienststelle an und versuchte sich etwas genauer zu informieren um was für ein Verbrechen es sich denn handelte. Sehr kooperativ zeigten sich der am Telefon anwesende Beamte nicht gerade und beschloss dann eben später der Sache auf den Grund zu gehen.

Einer von zwei Helgolands E- Polizeismart mit blau zuckenden Lichtern stand wild geparkt in der schmalen Gasse und blockierte den Weg komplett.

Von den wichtigen Boulevardblättern dieser Nation angekündigt und vor gut sechs Monaten den Inselbewohnern feierlich übergeben. Der vormals benutzte A- Klasse Benziner war als Dreckschleuder verpönt und man befürchtete den Verlust der Reinheit der Luftqualität.

Eine Horde von Neugier getriebene Anwohner und Feriengäste, die sich einfach nicht vertreiben ließen, standen ebenfalls herum und diskutierten laut miteinander. Fehlte nur noch das hier jemand seinen Brötchenstand aufbaute... nicht zu fassen.

>Hey, hier steht also das gute Stück... Umweltschonende Fortbewegung und heimlicher Superstar.< Chris sprach mehr mit sich selbst.

Musste über seine Worte schmunzeln und steckte seinen Kopf durch die offene Seitenscheibe um den Innenraum zu begutachten, sog dabei eine Portion Luft durch die Nase um den „Neugeruch" zu testen.

Nach „neu" roch hier jedenfalls nichts, eine stark Knoblauch durchsetzte Salami hatte da wohl etwas dagegen. Der Kommissar ließ seiner ex- Kollegin gern den Vortritt, Erstbeschau einer Leiche, daran gewöhnte er sich nie.

Bettina winkte ab, Autos, dass war nicht ihre Baustelle, und sprach im nächsten Moment mit einem der beiden anwesenden lächelnden und gut beleibten Polizeibeamten die sich breitbeinig am Eingangsbereich postiert hatten.

Die Kommissarin wedelte mit ihrem Ausweis, nannte knapp ihren Namen, sagte ihre Hilfe zu und bat um Erlaubnis sich den Tatort anzusehen.

Die Erlaubnis ließ nicht lang auf sich warten. Die beiden Urlaubskommissare erhielten noch von einem der Kollegen die Information, dass vom Festland ihr Vorgesetzter sowie die Cuxhavener Spurensicherung zu ihnen unterwegs war, dass würde allerdings noch gut drei bis vier Stunden in Anspruch nehmen.

Der Katamaran ab Hamburg wäre wegen eines defektes nicht fahrbereit, die zwei anderen befanden sich bereits auf dem Rückweg und der ablandige Wind trieb das Wasser aus den Fahrrinnen, dass verursachte sowieso Verzögerungen und, da musste der größere der beiden Kollegen plötzlich lachen, etwas würde nie passieren, dass der Alte sich in ein Flugzeug setzt, sein Kollege pflichtete ihm heftig nickend bei.

Auch der hiesige Doc des übersichtlichen Helgoländer Kurkrankenhauses traf erst später ein, eine Geburt besaß nun mal Vorrang und zur Zeit war Professor Doktor Heise der einzige Arzt der in diesem Fall einen Totenschein ausstellen konnte.

Zum Schluss seiner Ansprache gab es noch den üblichen Hinweis doch bitte nichts anzufassen, die Worte des Kugelrunden Oberwachtmeisters quittierte Bettina mit einem kurzen Augenrollen.

>Und noch etwas...< grummelte der Oberwachtmeister und holte tief Luft bevor er weiter Sprach.

>Was sie dort vorfinden ist wahrlich kein schöner Anblick, ich bin mir nicht sicher ob man denjenigen der zu so etwas fähig ist, als Mensch bezeichnen sollte. Also erschrecken sie nicht Frau Oberkommissarin.<

>Vielen Dank für die Warnung, aber es ist nicht der erste Tote den ich mir ansehe.< erwiderte Bettina knapp und nickte dem zweiten Beamten, der ihr unentwegt auf die Beine starrte, kurz zu bevor sie zügig vom dunklen Eingangsbereich verschluckt wurde, die Tür fiel hinter ihr zu, es klang irgendwie endgültig...

Sie betrat eine andere, grausame Welt, ein Tatort. Ihr kam es immer so vor, als stünden die Seelen der ermordeten Menschen direkt vor ihr und wehklagten ihr Leid und das ihnen widerfahrene Unheil.

Den winzigen Bild behangenen Korridor ließ Betty schnell hinter sich, der dicke Teppich dämpfte ihre Schritte.

Das Wohnzimmer befand sich in der oberen Etage. Am hinteren Ende des Ganges befand sich eine sehr kleine schmale Holztreppe die zum Wohnzimmer führte. Der Stieg ächzte unter ihrem Gewicht, hier oben gab es nur einen Raum und die Wohnzimmertür stand weit offen.

Chris stand mit Sicherheit immer noch draußen vor dem Eingang und unterhielt sich angeregt mit den Polizisten über das zulässige Gesamtgewicht des Polizeivehikels und wie sie auf das Oberland kamen, Aufzug? Warum er nicht mit ihr gemeinsam hinein ging, dass wusste sie nur zu gut.

Hoffentlich kam er gleich nach.

Ein süßlicher Geruch erreichte ihre Nase, der nichts gutes verhieß.

Es roch nach Blut. Geronnenes Blut, furchtbar. Ihr fielen die Worte des Oberwachtmeisters ein.

„Ich bin mir nicht sicher ob man denjenigen der zu so etwas fähig ist, als Mensch bezeichnen sollte..."

>Wer sich an so einen Geruch gewöhnt, **der** war wohl kein Mensch... Chris wird begeistert sein...< sprach sie so leise das sie es selbst kaum vernahm und ging einen Schritt weiter.

Ein Schaukelstuhl mit hoher breiter Lehne stand mitten im Raum, keine Geräusche, nichts, es war so furchtbar still.

Bettina ging auf Zehenspitzen zwei drei Schritte auf ihn zu, dann umkreiste sie behutsam das Möbel um nichts zu berühren.

Ein kalter Schauer lief über ihren Rücken, an solche Situationen würde sie sich nie Gewöhnen. Hier war sie nun wieder einmal allein und die Erinnerung an Walter trat in den Vordergrund.

Ihr Herz klopfte wild in der Brust, ihr Lebenssaft rausche druckvoll durch ihre Venen, sie zitterte und hielt für einen Moment die Augen geschlossen.

Die Leiche im altmodischen Schaukelstuhl zog nun wieder ihre Aufmerksamkeit an sich.

Der letzte Schritt, die Kommissarin hob ihre Lider...

Was Bettina nun zu Gesicht bekam bestätigte ihre Vermutung.

Ja richtig, dieser Mensch war definitiv Tot, soweit gut.

Der Umstand seines Todes, nun, ein Wort... bestialisch...

Auf dem holzigen „Wellness- Möbel" lag ein Mann mittleren Alters, Bettina schätze ihn auf vierzig Jahre, schwer zu erraten bei den miserablen Lichtverhältnissen, bleiche fleckig, schattige Haut, mit weit aufgerissenen blutunterlaufenen Augen.

Jemand oder irgendetwas schlitzte dem armen Kerl die Bauchdecke auf, ein sehr langer Schnitt...

Dafür verschwendete die Kommissarin jedoch keinerlei Blick mehr.

>Das gibt es doch nicht...< flüsterte die Kommissarin und schlug sofort eine Hand vor den Mund, als hätte sie die Befürchtung den Toten aufzuwecken.

Etwas anderes, viel unheilvolleres zog sie in den Bann, wenn man es denn so nennen mochte. Etwas, was auf den Oberschenkeln des Toten verweilte.

Es war ein Bild... dieses Bild löste bei ihr Unglaube, und beinahe eine Ohnmacht aus, ihre Kehle wurde schlagartig trocken, die Zunge wie mit dickem Staub belegt, die Knie bestanden nur noch aus heißem Wachs.

Das, was dort lag bestätigte alles und beseitigte jegliche Spekulationen.

Ihr wurde schwindelig, heiß und kalt gleichzeitig... die Kopfhaut zog sich zusammen, begann zu kribbeln.

Das Motiv des Bildes war ihr sehr bekannt...

Es zeigte Vanth... Dämonin der Unterwelt...

XXX

Chris war irgendwie fasziniert von dem graublauen Elektrosmart im Polizeilook, und kaum in der Lage sich loszureißen. Als Kommissar dachte man eben nur noch an den Dienst, Tag und Nacht... für so eine Art von Hobby blieb daher keine Zeit oder nur sehr wenig. Ja, es lohnte sich die Umwelt zu schonen, das war sein Motto... und außerdem, musste es denn immer so ein riesen Schiff sein? So ein kleines Teil als Cabrio versprach doch Spaß pur... er schritt auf die Beamten zu und lächelte belustigt, einer von den beiden musste demnach zu Fuß laufen. Beide zusammen in dem kleinen Fahrzeug? Niemals... sein anfängliches Grinsen erstarb...

Christian wurde aus seinen Gedanken gerissen.

Den Ruf, den Bettina ausstieß, musste jeder hier auf der Insel gehört haben. Drei Köpfe zuckten gleichzeitig Richtung Eingang, Chris schob seinen Ekel beiseite und setzte sich sofort in Bewegung.
>Bleiben sie hier, ich sehe nach was los ist..< rief er den Kollegen zu, wartete auf keine Antwort und spurtete weiter.
Irgendwie kam ihm die Szene bekannt vor... ein Deja-vu? Nein... nur zu gut kam ihm die Erinnerung sofort in den Sinn. Bettina fand Walter in der Wohnung der Katharina Gerland. Bettys Schrei, den würde er niemals vergessen.

Den Flur stürmte er entlang bis zum Ende, polterte die Treppe, spurtete in das Wohnzimmer, dort stand seine Kollegin wie angewurzelt und zur gegossenen Betonsäule erstarrt. Bettina fixierte etwas mit ihren Augen.

Chris stand nun neben ihr, sah die Wunde, dass Blut... ein Bild auf den Oberschenkeln des toten Mannes, kramte ein Taschentuch aus der Hose, hielt es sich an den Mund, kämpfte gegen seine Übelkeit an und schüttelte ungläubig seinen Kopf.

>Das gibt es nicht... noch ein Zufall?<

>Chris... sie... sie ist hier... und basta... keine Zufälle mehr... sie hat uns gefunden, oder wir sie... oder wie auch immer...< Bettina sprach mit ihrem Kollegen ohne ihn dabei anzusehen, versuchte den Staub in ihrem Mund zu schlucken.

>Ich gebe Dir ja Recht. Für einen Nachahmer gibt es zu wenig Eingeweihte. Ich tippe auch eher darauf, dass Katharina **uns** gefunden hat. Sie macht genau da weiter wo sie in Orvieto aufgehört hat. Sie zerstört unser Leben und das vieler andrer. Das ist wirklich nicht zu fassen. Beobachtet sie uns? Manipulierte sie uns bereits? Gibt es hier Mikrokameras? Sieht sie uns zu und sitzt lachend in ihrer Ferienbehausung oder sonst was. Hast du etwas entdeckt?

Sie muss Helfer gehabt haben, nach ihrer Flucht.

Außerdem gibt es da etwas, was ich dir bisher verschwiegen habe. Du wirst es nicht glauben wenn du es hörst... nun schließt sich der Kreis und ich kann dir nur sagen, sie hat uns vorgeführt und alles, wirklich alles kann in den nächsten Stunden passieren.

>Nein, nichts... keine Kameras, habe hier nichts gesehen. Ich sagte ja vorhin schon, ich kann nicht mehr denken. Was hast du mir verschwiegen, der Kreis schließt sich?

Und was sollen wir jetzt machen? Unser Urlaub ist vorbei. Schlagartig stehen wir wieder mitten im alten Fall. Ich muss das erst alles sortieren und was sagen wir den Beamten draußen? Wir müssen Carl informieren... und und und...<

>Ach ja... warte bitte... ich sag den Kollegen kurz Bescheid.< Chris rannte die Treppe hinunter und verschwand im Flur.

Jetzt war es also soweit.

Der jämmerliche, lächerliche Versuch hier auf dieser Insel die Vergangenheit zu bewältigen, Carvallo, Orvieto und vor allem Katharina Gerland zu vergessen, nichts davon traf ein.

Im Gegenteil, die alten Gefühle waren wieder da und Bettina verspürte nach einer anfänglichen Resignation gewisse aggressive Tendenzen und ein ausgeprägtes Gefühl der Rache gesellte sich dazu.

„Ja, wenn sie es so will, dann soll es eben so sein, es muss geschehen, jetzt."

Die Dämmerung setzte allmählich ein, und ein dunkelgrauer Schleier legte sich über die Insel Helgoland. In dieser winzigen Ferienwohnung war es dank der mickrigen Fenster sowieso nicht sonderlich hell.

Bettina beugte sich vor und besah sich die Leiche etwas genauer.

Vielleicht hatten sie ja etwas übersehen oder er gab noch eine weitere brisante Überraschung preis.

Die Augen dieses toten Mannes.

Ein Ausdruck der Unglaube, voller Furcht, des nicht Begreifens... in seinem Gesicht fest eingemeißelte Emotionen kurz vor seinem Tod.

Der offene Mund, als holte die Leiche ein letztes Mal tief Luft, um im nächsten Augenblick mit ihr ein tiefgreifendes Gespräch zu beginnen.

Dann die Druckspuren am Hals... er musste demnach brutal erwürgt worden sein. Katharina Gerlands lieblings- Mordmethode. Das passte also auch. Für Bettina stand es mittlerweile fest, Katharina Gerland befand sich hier irgendwo auf dieser Insel und bastelte mit Bestimmtheit an irgendwelche weiteren Mordplänen. Sicherlich stand sie selbst auch auf dieser imaginären Mordliste. Es war nun mal Bettina, sie erschoss Raphael Carvallo in Orvieto, zwar aus reiner Notwehr heraus, dass dürfte Katharina jedoch nicht interessieren.

Die Gerland sann sicher auf grausame Rache. *„Soll sie nur kommen, ich bin bereit, auch habe ich noch ein Hühnchen mit ihr zu skalpieren..."* dachte Bettina und tastete nach ihrer Waffe.

Doch die Pistole lag gut versteckt in der Ferienwohnung, na wunderbar.

Irgendwie wiederholte sich alles, wieder einmal standen Chris und Bettina allein vor einer unglaublich brisanten Situation, niemand in unmittelbarer Nähe der nun helfend eingreifen konnte, genau das hasste sie. Die zwei „Dorfsheriffs" draußen? Mit denen war Katharina nicht zu besiegen. Sie saßen nun auf dieser Insel fest und mussten Improvisieren. Carls Nachricht kam etwas zu spät, oder genau richtig? Sie schüttelte den Kopf.

Zum dritten Mal sah sich Betty die nackte Leiche etwas näher an.

Die dunklen Lippen fielen ihr vorhin schon auf. Jetzt, und mit den immer spärlicher werdenden Lichtverhältnissen war es deutlicher zu erkennen. Ja, es handelte sich um keine optische Täuschung... sie leuchteten irgendwie, sehr schwach zwar, aber zu erkennen, Ober- und Unterlippe gleichsam.

Ein schwaches, bläuliches leuchten war es, als schmierte jemand eine Paste darauf. Bettina zuckte zurück.

>Merkwürdig...< murmelte sie knapp.

In diesem Moment betrat Chris den Raum, er gesellte sich schnell zu seiner Kollegin, sah sich gehetzt um, machte sich selbst ein Bild der Leiche und Bettina verwies auf ihre neueste Entdeckung.

>Hier, sieh dir die Lippen der Leiche an... hat die Gerland ihn mit Lippenstift bemalt? Leuchtlippenstift?

Ist das ne neue Form der Perversität? Katharina Gerland versucht sich mit etwas neuem?< die Kommissarin spreizte ihren kleinen Finger der rechten Hand ab und machte sich daran die Unterlippe des Toten damit zu berühren.

>Bettina... warte... nicht anfassen...< Chris erschien wie aus dem Nichts und hielt ihr Handgelenk fest.

>Was ist? Was soll das?<

>Erinnerst du dich nicht was Carl vorhin sagte? Sein Bericht...<

>Ja schon, habe nur nicht alles verstanden.

Die Verbindung war nicht so gut. Dann der Wind und das Meeresrauschen... technische Dinge... du weißt schon... was war daran so wichtig?< sie hob und senkte ihre Schultern, sah ihn fragend an.

>Naja, das war schon starker Tobak was Carl erzählte, das hörte sich nach einem mittelprächtigen Terroranschlag an und die Gerland steckt da irgendwie mittendrin. So sieht es jedenfalls bisher aus und bin mittlerweile der festen Überzeugung das es sich verhält.

Sollte die Dame mit dem was Carl erzählte wirklich zu tun haben, sollten wir jetzt lieber diesen Raum verlassen und zwar schnell... du hast doch noch nichts angefasst oder?

>Nein, habe ich nicht... wieso nichts anfassen, warum den Raum verlassen?<

>Denk doch mal kurz nach... Caesium 137... leuchtet im dunklen blau wenn es zerfällt... und jetzt sofort raus hier...<

XXX

Draußen angekommen schlug die Eingangstür gut hörbar hinter ihnen zu. Die Kollegen erschraken bis ins Mark.

>Was war los..? Ist der Tote wieder auferstanden?< scherzte der kleinere von den beiden Beamten. Auf Brusthöhe seines Uniformhemds war der Name des Polizeibeamten eingestickt.

>Nein Herr Wiethold, ist er nicht. Etwas anderes jedoch bereitet mir Kopfschmerzen, um das genau zu erklären benötige ich einige Zeit.< erwiderte Chris mit genervten Unterton.

>Na dann nehmen sie sich mal die Zeit, und dürfte ich auch ihren Dienstausweis einmal betrachten?< Jetzt wurde der größere von den zwei Kollegen gerade, so das sich sein Hemd halb aus der Hose zog, streckte seine Hand aus um das Dokument in Empfang zu nehmen.

>Ansehen ja, selbstverständlich, aber nicht anfassen, Herr Oberwachtmeister Sülbeck und jetzt keine Kompetenzstreitigkeiten bitte, wir sind hier um zu helfen. Mein Name ist Oberkommissar Christian Albrecht, Kripo Aachen, meine Kollegin kennen sie ja bereits...< stimmte nicht ganz, dass Bettina vor Wochen von ihrem Dienst auf unbestimmte Zeit beurlaubt wurde, dass verschwieg Chris jetzt lieber.

>Jaja, schon gut, ihre Erklärung bitte...< brummelte der Bärtige.

Die Menschengruppe vor dem vermeintlichen Tatort war bereits zu einer ansehnlichen Menschentraube angeschwollen.

Daher bat Chris den Oberwachtmeister der Diskretion halber die Neugierigen und Schaulustigen etwas auf Abstand zu halten.

Sülbeck scheuchte die Menge etwas zurück, die sich von dieser Aktion nicht sonderlich begeistert zeigten.

So schnell die richtigen Worte zu finden, vor allem mit dem Zeitdruck im Hinterkopf war nicht ganz einfach. Betty informierte derweil Carl von dem was sie in der Wohnung vorfanden.

Die Jagd auf Katharina Gerland, die Mordserie, Walter, das Finale in Italien, der Urlaub, Carls Infos über die Umweltkatastrophen...

>Und nun sehen wir den Toten, die bläulich leuchtenden Lippen, woraus wir schließen, dass es sich um eine ähnliche oder sogar um die gleiche Substanz handelt...< kam Chris zum Ende.

Der jüngere der zwei Kollegen bewegte sich nach den Worten des Aachener Kommissars respektvoll einen Schritt von der Tür weg.

>Tja... das ist ja merkwürdig...< brummelte Sülbeck sich in den Bart.

>Ja, alles ist merkwürdig...< bestätigte Bettina.

>Nein, oder ja, da ist noch etwas äußerst Rätselhaft... wo sie das mit dem Caesium erzählen, ist ja wirklich komisch.

Zuerst dachte ich, die wollen mich verarschen, oder die Anlage hat einen weg.

Hier auf der Insel gibt es eine Messstation für Radioaktivität, das sogenannte ODL Messnetz... Ortsdosisleistungsmessnetz, betrieben vom Bundesamt für Strahlenschutz... und dat Dingens hat Alarm geschlagen.

Der Ausschlag des Pegel war so hoch, dass die Jungs von einem Fehler der Anlage ausgingen... jetzt bin ich der gegenteiligen Meinung, also kein Fehler sondern Realität. Es bahnt sich also auch hier eine Umweltkatastrophe an, dass ist doch nicht zu fassen...<

>Darum gilt es jetzt besonnen zu reagieren und vor allem eine Panik zu verhindern und schnell die richtigen Maßnahmen ergreifen.<

>Informieren sie das Personal der Station, die sollen mit Messgeräten kommen und die Umgebung sondieren, die Menschen müssen hier weg, am sichersten wäre es jetzt in ihren Wohnungen und Häusern. Wir müssen die Kurverwaltung informieren...<

>Das ist nicht so einfach, die Station hier ist nicht besetzt. Das Amt für Strahlenschutz in Pinnenberg ist für uns zuständig... die informieren dann das Bundesamt... die werden die nächsten Schritte einleiten...<

>Ja, so werden wir es machen.< Bettina kaute auf ihren Daumennagel, drehte sich langsam im Kreis und flüstere >Ich glaube sie beobachtet uns...<

>Da magst du Recht haben...< erwiderte Chris knapp.

Sülbeck instruierte seinen jüngeren Kollegen über die nächsten Schritte, neugierige auf Abstand halten, die Leute nach Hause schicken und niemand in das Haus lassen.

>Und die Strahlung? Bin ich gefährdet? Wollte der nun komplett verschüchterte Beamte wissen.

>Das kann ich nicht sagen, Albrecht was meinen sie?<

>Da muss ich auch passen, ich weiß nur, den Staub einzuatmen ist am gefährlichsten, ansonsten verhält es sich wie eine Dauerröntgenaufnahme... eine zu hohe Dosis wirkt dauerhaft zellschädigend... sorry.< Chris hob und senkte die Schulter und wandte sich Bettina zu.

>Wir müssen zum Hotel, unsere Waffen, dass ist jetzt wichtig, ich möchte einer gewissen Dame nicht „Nackt" gegenüber stehen und wir überlegen uns was als nächstes zu tun ist...<

>Sülbeck, wir bleiben in Kontakt, haben sie so etwas wie eine persönliche Nummer unter der ich sie im Ernstfall erreichen kann?<

Die Beamten tauschten rasch ihre Nummern, verabschiedeten sich knapp und gingen in verschiedenen Richtungen davon.

Schweigen begleitete ihren Weg ins Hotel.

>Was meinst du, ist sie noch auf der Insel? Was sagt dein Bauchgefühl...?< die Kommissarin a.U musste etwas sagen.

>Keine Ahnung, vielleicht checken wir mal die Listen der Fähren, Flughafen und so weiter...<

>Das mit den Listen können wir denke ich sofort wieder vergessen, sie ist sicherlich nicht mit ihrem eigenen Namen gefahren oder geflogen.
Wenn, dann müssen wir das Glück haben, dass sie noch immer hier ist...< warf Bettina ein..

>Sie hat was vor, daher bin ich deiner Meinung. Natürlich wird sie nicht ihren Namen angeben, wäre ja schön blöd und für uns viel zu einfach. Die Seele des Verbrechens. Ich mutmaße mal, dass sie etwas plant oder längst geplant hat und mitansehen möchte ob ihre Anstrengungen auch mit Erfolg gekrönt wurden. Das wäre dann unsere Chance. Lass uns im Hotel schnell die Fakten zusammenzählen, vielleicht fällt uns doch noch was ein, jede Kleinigkeit zählt.<

XXX

03.07 19:25 Uhr Helgoland

Die tief stehende Julisonne besaß auch zu dieser Zeit noch eine enorme Kraft, so brannte sie gnadenlos auf ihre falsche Haarpracht, es entstand ein Geruch nach billigem Plastik und Katharina Gerland fürchtete um ihr nachtschwarze Kopfbedeckung.

Viel Zeit blieb Kathi nicht mehr, dass konnte sie fühlen. Die Schmerzen wurden minütlich stärker, die Übelkeit nahm ebenfalls stetig zu. Eine innerliche Kälte lies sie erzittern, obwohl sich ihre Stirn fiebrig anfühlte. Mittlerweile folgte ein blutiger Hustenanfall dem Anderen. In die kleine Pension konnte Kathi nicht mehr zurück. Nicht nach ihrer letzten Tat jedenfalls. Noch ein Ausrufezeichen hatte sie gesetzt. Die ungläubigen würden sich wundern und noch lang an sie denken.

Ein weiterer dunkelroter Hustenanfall verstärkte ihre Kopfschmerzen um ein vielfaches, spukte den Schleim achtlos aus. *„Bald bin ich bei dir mein Liebster, es dauert nicht mehr lang..."* dachte sie, verzog ihren Mund zu einem kraftlosen Lächeln.

Der Weg zu ihrem letzten Versteck näherte sich dem Ende, ein paar Meter nur noch. Katharina sah sich hastig um, niemand folgte ihr.

Da war er, der Eingang zur alten Helgoländer Bunkeranlage.

An diesem Tag gab es keine Bunkerführungen, vorübergehend geschlossen, doch wie man die Tür öffnete, dass wusste Kathi. Eine gute Vorbereitung war eben die halbe Arbeit.

Der klobige Nachschlüssel passte wie das Original, sehr gut. Die schwere rostige Metalltür lies sich beinahe mühelos öffnen.

Die Scharniere dieser eiserne Pforte waren sehr gut geölt, keinerlei Geräusch verursachte das gut achtzig Jahre alte Relikt alter aufregender Geschichte.

Katharina stützte sich kurz an der kalten Bunkermauer ab um Luft zu holen, sah sich noch einmal um.

Neunzig Treppenstufen führen achtzehn Meter tief hinab. Kaltes Neonlicht flammte auf, strahlte im gelblichen Ton von der Decke. Die vormals weiße Farbe war bereits an vielen Stellen der Bunkerwände abgebröckelt. Eindringende Feuchtigkeit schenkte Algen die Grundlage sich zu vermehren und der feuchten Luft ein modrigen Geruch...

Sie schleppte sich mehr die Treppenstufen hinab als das sie ging. Ihre Knie mussten aus Pudding bestehen, es fühlte sich jedenfalls so an.

Viel zu lang hatte sie sich dem Caesium ausgesetzt.

Die Pakete gepackt, das zellschädigende Material ohne Atemschutz, mit bloßen Händen aufportioniert, sich durch das Gesicht, durch das Haar gestrichen. Dann der blöde Fehler als sie dem leblosen Körper die Substanz auf die Lippen schmierte.

Etwas von dem Caesium haftete noch an ihrem Zeigefinger als sie das Bild entfaltete und dabei an ihrem Finger leckte...

Es gab nun wirklich kein zurück mehr.

Seit dem hatte sie einen metallenen Geschmack im Mund, als kaute sie auf eine rostige Metallstange herum und das kam nicht nur vom Blut allein...

Doch es war auch vorher schon vorbei. Zu viel Strahlung bekam Katharina ab als sie zu unvorsichtig mit dem Zeug umging und sich davon sauber zu waschen, dass war nun mal nicht möglich, vor allem wenn es eingeatmet wurde.

Sie leuchtete bestimmt wie ein Weihnachtsbaum im Dunkeln. Das Risiko kannte Kathi. Darios mahnende und gleichzeitig aufklärenden Worte klangen immer noch in ihrem Kopf nach.

Ihr Gewebe war längst geschädigt, das endgültige Aus, ihr Schicksal besiegelt.

Wie viel sie von dem Strahlenzeugs abbekam, das war ihr eigentlich egal. Wenn nur die Schmerzen nicht wären. Eine schnelle Kugel und Feierabend... wie bei ihrem Meister. Ihr Lebensfunke erlosch dagegen sehr langsam und Qualvoll. Die Morphintabletten lagen natürlich in ihrer Ferienwohnung, „na super... da lagen sie gut..." dachte Kahti und verzog ihr Gesicht vor Schmerz.

Die letzten Stufen, unten angekommen brach sie fast zusammen.

Keine Kraft mehr, die Beine versagten ihren Dienst, Kathi sackte erst auf die Knie, und fiel dann zu Seite. Ein paar Minuten lag sie wie leblos am Ende der Metalltreppe bis sie sich wieder regte. Das einfache Luftholen wurde zur jämmerlichen Qual, ein Blutfaden rann aus ihrem Mundwinkel...

Etwas hatte sie noch vor, das lies sie sich nicht nehmen, von niemandem, auch nicht von demjenigen, der schon auf der anderen Seite mit dem knöchernen Finger lockte um sie zu sich zu holen. Eine Religion aus vorchristlicher Zeit, ihr eigentliches Ziel und Paradies.

Einen letzten kleinen Scherz, den mochte sie sich noch erlauben... wäre doch schlimm, wenn niemand wüsste wo sie die kleine schmutzige Bombe mit dem Zeitzünder versteckt hielt. Etwas C4 mit Spreng- und Zeitzünder deponierte sie an einem leicht zugänglichen Ort. Eine kleine Chance sollte es noch für den eifrigen Finder geben.

Eine große Überraschung für demjenigen der den Anruf bekam und Katharina wusste genau wem sie anrufen musste, die Nummer war nicht schwer zu bekommen, beinahe frei zugänglich.

Das Summen in ihrem Kopf nahm wieder zu. Ein Singsang des Abschieds und ein Feuerwerk der Vorfreude auf das was sie erwartete.

Das Telefon steckte irgendwo in der Innentasche ihrer leichten Baumwolljacke. Kathi zog es hervor und traute ihren Augen nicht.

Kein Empfang...
Der Bunker schirmte die Signale zu sehr ab oder waren
es ihre eigenen Störstrahlen die ein Telefonieren
unmöglich machten? Sie zuckte mit den Schulter, auch
das war schmerzhaft.
Es führte kein Weg daran vorbei, sie musste wieder nach
oben zum Ausgang um zu Telefonieren. Kathi quälte
sich   mühsam   auf   die   Beine,   zog   sich   am
Treppengeländer hoch.

Eine Stufe nach der Anderen. Schmerzen... so viele
Schmerzen... ihr Körper glühte und gefror gleichzeitig.
Ein Ächzen, Husten, Spucken und feuriges Fluchen.
Ganz nach oben brauchte Katharina nicht. Die Hälfte
der   Treppe   war   mühsam   im   Zeitlupentempo
bezwungen und endlich war es möglich die Nummer zu
wählen.

Katharina Gerland hoffte insgeheim, dass der
Angerufene das Gespräch auch selbst entgegen nahm,
denn sie selbst gab sich vielleicht noch eine halbe
Stunde, bis sie ihr Bewusstsein verlor, endlich ihren
Meister wiedersah?
Doch die Stimme ihres Gegenüber musste sie ein letztes
Mal hören.

XXX

03.07   18:55 Uhr Helgoland

Im Hotel Rieckmeers angekommen ging jeder auf sein Zimmer und nahmen die Gegenstände an sich auf die sie sehr gern für längere Zeit verzichtet hätten. Die Dienstpistole, zwei Reservemagazine, Handschellen, das Pfefferspray, die übliche „Ausrüstung" eben.

Als „Brainstorming Zentrale" diente nun das Zimmer der Kommissarin, die Stimmung pendelte permanent zwischen Resignation und Hoffnung.
Der Kaffee dampfe in der Tasse, Bettina pustete hinein und sprach Chris an.

>Mir ist da gerade etwas eingefallen, ich habe in die „Memoiren" des Alexander Kohnen geschaut. Bin da leider noch nicht viel weiter gekommen...<
>Was genau meinst du?<

>Unterstrichene   Buchstaben,   eine   Zahlenreihe, vielleicht ein Code oder so was in der Richtung. Ich war gestern zu müde es zu entschlüsseln.<

>Gut, dann kümmern wir uns da gleich drum. Jeder noch so kleine Hinweis könnte was bringen.< Chris stand auf, vergrub die Hände in den Hosentaschen und ging zum Fenster, sah gedankenverloren nach draußen.

>Hmmm... was wolltest du mir erzählen? Ich würde es nicht glauben sagtest du vorhin...< Bettina war nun neugierig.

>Ach das, gut das du fragst. Ich muss gleich noch telefonieren fällt mir da ein... also, im Cafe`, an der Ecke, du weißt schon wo ich meine, also... ich habe dort jemanden getroffen, oder viel mehr wiedergesehen.<

>Eine Frau?< Die Kommissarin spielte die Überraschte und konnte ihr sarkastisch gequältes Lächeln nicht verstecken.

>Ja, eine Frau und du kennst sie. Ich sagte ja vorhin, der Kreis schließt sich gerade, es ist als fände sich eine alte Familie zusammen... nun, du wirst es nicht glauben... Im Café saß unsere Rezeptionistin aus dem Kölner Hotel, Viviane Troussot.<

>Die Viviane? Die Hotelschlampe mit dem kurzen Rock? In *dem* Hotel als mich der Arsch entführt hat? Wie kommt die denn hier hin? Was hat die hier zu suchen, gerade jetzt? Hast du sie eingeladen? In der Tat, dass kann ich wirklich nicht fassen. Gerland? Hat die Gerland sie hier her gelockt? Ist ja alles möglich im Moment...<

>Naja, Schlampe ist doch etwas übertrieben...< warf Chris schnell ein.

>Genau, jetzt nimm das Flittchen auch noch in Schutz... hast du dich noch mal mit ihr getroffen? Verabredet, ein Date? Aus diesem Grund warst du gestern nicht zu erreichen? Oder?<

>Ja, ja und ja...< Chris starrte weiter aus dem Fenster, ihm wurde zusehends unwohl in seiner Haut.

>Soso, ich vermute mal, wenn ich noch ein wenig weiter Bohre und die ahnungslose völlig verblödete Kuh spiele, dann bist du zufrieden und verrätst mir den Rest der Geschichte? Muss ich dir wirklich alles aus der Nase ziehen?< Bettina war bedient.

>Und dreh dich bitte um, ich möchte nicht mit deinem Hinterkopf sprechen.< die Kommissarin wurde von Sekunde zu Sekunde ärgerlicher, denn sie ahnte was als nächstes kommen würde.

>Ich war bei ihr, gestern Abend. Wir haben viel geredet, etwas gegessen, Wein getrunken und...<

>Hör auf...< der Ton ihrer Stimme wurde gefährlich leise...

>Ich will **das** was nach dem **UND** kommt nicht hören... oder vielleicht will ich es doch... hast du oder hast du nicht...??< es dauerte nicht mehr lang und Betty ging ihm an die Gurgel.

>Ich weiß es nicht...<

>Wie du weißt es nicht... willst du mich verarschen?< Sie knallte die Tasse auf den Tisch, ging auf ihn zu und rüttelte Chris an der Schulter.

>Ich weiß nicht... ja ich weiß es nicht... wie es passieren konnte... es ist einfach so geschehen, es gibt keine Erklärung, keine Entschuldigung...< Chris hob hilflos seine Hände.

Es knallte und klatschte an seiner Wange, die Ohrfeige hatte er verdient und nahm es auch so hin.

Die beurlaubte Kommissarin drehte sich zur Seite, begrub ihr Gesicht in den Handflächen und fing an zu Weinen.

>Das gibt es nicht, du Arschloch...< schluchzte sie erstickt.

>Es tut mir leid. Alles wird gut, glaub mir...< er biss sich fast auf die Zunge, was sagte er gerade?

>Jetzt bin ich mir beinahe sicher das du mich verarscht... alles wird gut, nichts wird gut... die erste Lüge unserer Eltern, dass zitierst du gerade, alles wird gut, wir sind mitten im Sturm, mitten im Chaos... und du lässt mich im Stich... nichts wird gut... alles zerbricht und zerfällt gerade, merkst du das nicht? Bist du gefühllos? Hast du dein Herz irgendwo im Galopp verloren? Oder hat sie es dir rausgevögelt? Dein blödes Gequatsche seit vier Wochen.
Bettina, meine Gefühle, Bettina ich brauch deine Nähe... und bla bla bla... ich helfe dir, halte mich zurück, bin eine Stütze für dich. Dann kommt die erste Schlampe um die Ecke und steigst mit ihr in die Kiste... ach Scheiße ist das doch alles...< sie stand auf und trat gegen einen Stuhl, der krachend gegen die Wand flog.

>Bettina... das ist echt was ich zu dir sagte, das mit Viviane war ein Ausrutscher, ich weiß, dass hört sich wie ein Klischee an, wie aus einem billigen Film aber...<

>Halt deine Schnauze und „**aber**" hier nicht rum...
verschwinde du blödes kaltherziges Schwein... geh zu
deiner Schlampe und heul dich da aus, lass mich in
Ruhe... und hoffentlich tritt Katharina dir in den Arsch,
wenn nicht, werd ich das übernehmen...< ihre Augen
funkelten ihn böse an.
>Bettina bitte...<

>Verzieh dich endlich oder ich knall dich ab...< Bettinas
Blick wurde noch kälter, griff an ihr Holster und
entsicherte die Waffe.

>Ist gut, ist gut, ich geh ja schon...< die Tür ballerte
hinter ihm zu und noch nach einigen Metern hörte er
Bettina Schreien und Weinen.

„Was bin ich doch nur für ein Vollidiot.." dachte Chris
und auch seine Augen füllten sich mit dem salzigem
Fluss der Verzweiflung...

XXX

19:25 Uhr Helgoland

Drei Mal klopfte es an der Tür, dann noch drei Mal. Sie öffnete und ließ das klopfende Häufchen Elend herein was da um Einlass bat. Mit gesengtem Kopf berichtete Chris was vor wenigen Augenblicken vorgefallen war. Auch seine Sorge um die Verstrahlungs- Geschichte und das die Gerland sich vermutlich noch auf der Insel aufhielt, ließ Chris nicht aus. Viviane zeigte sich fassungslos und hilflos.

>Jetzt bekomme isch es mit ihr wohl auch zu tun. Isch möschte die Dame nischt gännen lärnen... diesä Bettina auch nischt, darauf verzischte isch... Chris, bring misch ihr wäg bitte...< Viviane warf sich in seine Arme und zitterte. Seine Lippen berührten ihre Schläfe, küsste sie sanft.

>Es ist sehr wahrscheinlich und nicht mehr ausgeschlossen, dass die Gerland dich tatsächlich hier her gelockt hat. Ich weiß nicht wohin ich dich bringen soll, aber ich denke, ich begleite dich zur Polizeiwache, das ist der beste und sicherste Ort zur Zeit. Wenn du nichts dagegen hast natürlich...< Chris streichelte ihr Haar, gab ihr einen weiteren Kuss auf die Wange. Jetzt musste er die zweite Frau an diesem Tag beruhigen, obwohl ihm selber zum Heulen zu Mute war.

Die Gerland hatte sie alle wieder voll im Griff, „Mind Games" Gedankenmanipulation, was passierte nur als nächstes?

>Isch abbe nichts dagegen, ich fühle mich so ilflos, meine Freude war so groß disch zu sähen, nun dieser Orror ier... abbär du wirst das rischtige tun Cherie, das weiss isch, du wirst es schaffän, sagte man nischt, man muss das Eisän schmiedän solang das Feuär eis iist?<

Viviane sah in mit großen verheulten Kulleraugen an, sie war so furchtbar süß, er nahm sie fest in den Arm und küsste ihr die Tränen von der Wange.

>Danke für dein Vertrauen Vivi, die Geschichte wird ein Ende nehmen, so oder so. Dann los, nimm das wichtigste mit, pack eine Jacke ein, jetzt gegen Abend wird es kühler, ich bring dich zu den Kollegen. Wir müssen uns informieren wann die nächste Fähre geht, ich kümmere mich dann um dein restliches Gepäck.<

Der größere von den drei Koffern war schnell vollgestopft mit dem Nötigsten.

Schnell machten sie sich auf den Weg zur Polizeistation, dort war Viviane vorerst gut untergebracht. Chris hingegen musste noch einmal zurück zum Hotel. Seine Kollegin sprach von Aufzeichnungen des Alexander Kohnen. Darauf war Christian sehr gespannt, vielleicht lag hier der Schlüssel für eine Lösung versteckt.

Die Hoffnung starb wie immer zuletzt.

XXX

Kapitel 15   Die Bombe

03.07 19:40 Uhr Helgoland

Der Spiegel zeigte ein Gesicht, doch das war nicht ihr Gesicht, vielmehr eine verheulte glutäugigen Fratze. Keine Frage, der Schmerz saß viel zu tief um jemals geheilt zu werden. Er verschmähte sie und das sollte sich rächen.

>Es wird nicht bei einem Tritt in den Arsch bleiben, mein lieber Freund...< schwor sie feierlich ihrem verschwommenen Gegenüber.

>Und der Gerland werde ich ebenfalls den Arsch versohlen...< auch das hörte sich nach einem Versprechen an.

Sie ging und ihr Spiegelbild nickte...

Kohnens Aufzeichnungen. Verwirrende Wortspielchen, unterstrichene Buchstaben, Zahlenreigen, hier sollte sich doch etwas finden lassen.

Bettina verglich den Zahlencode mit den Texten seiner Schimpfkanonade und erschrak als ihr Handy anschlug.

>Wer stört mich in meiner Trauer...< murmelte sie vor sich hin.

„Oh, Chris war es demnach nicht, vielleicht die französische Schnepfe, na die kann was erleben..." dachte Bettina und nahm das Gespräch an.

>Wer ist da?< Eine freundliche Begrüßung hörte sich sicher anders an...

>Hallo, wer ist da?< rief Bettina nun etwas lauter, jemand atmete in unregelmäßigen Abständen, es rasselte, gluckerte und hörte sich irgendwie nicht gesund an wie sie meinte.

>Ich glaube, wir besaßen noch nicht das Vergnügen miteinander zu sprechen...< die Worte kamen gepresst, gequält, leise, als fiele es der Frau am anderen Ende der Leitung sehr schwer zu sprechen.

>Kennen wir uns denn? Ich kenne jedenfalls ihre Stimme nicht, sind sie Viviane Trussout?...< ein Lachen brandete auf was von einem anschließenden Hustenanfall beendet wurde.

>Warum Lachen sie?<

>Nein, ich bin nicht Viviane Trussout... ich bin jemand anderes und wir sind uns schon einmal begegnet... es ist zwar ein paar lange Wochen her aber die Erinnerung daran schmerzt immer noch...< ein Stöhnen folgte den Sätzen.

>Ich glaube ich weiß wer sie sind...< in Betty erwachte die Ermittlerin, sie zitterte, andere Gedanken waren in dieser Sekunde nicht mehr existent.

>Katharina Gerland... richtig?< Sekunden vergingen nach ihrer Frage.

>Gut geraten gottloses Kind... das Schicksal führte uns zusammen, du hast meinen Meister getötet und nun will ich dich...<

>Du willst mich? Ich soll also freiwillig zu die kommen damit du dich rächen kannst?

Und du meinst ich werde mich fügen, einfach so?< Jetzt lachte Bettina.

>Warum sollte ich das bitte tun?...<

>Was ich...< Katharina musste wieder Husten.

>Was ich bereits getan habe, zu welch Taten ich fähig bin, wirst du mitbekommen haben, oder? Was für eine Substanz ich benutze ist dir sicherlich auch nicht entgangen. Kombiniert man diese teuflische Substanz mit ein wenig Sprengstoff, so wird dieses Gerät höllisch schmutzig... noch mehr Menschen werden qualvoll zu Grunde gehen. Lasst euch nicht einfallen noch mehr Bullen zu rufen oder ich jage das Ding sofort hoch, wäre doch schade... du kommst also zu mir und stellst dich, sofort... und wage es nicht mir zu widersprechen...< hustete sie ins Handy.

Diese Anweisungen hörten sich unmissverständlich an. Die Kommissarin war in dieser neuen Situation überfordert. Sie sollte sich also opfern um anderen das Leben zu retten, so leicht würde sie es der Gerland nun auch nicht machen...

>Wo ist diese Bombe versteckt? Und wo soll ich dich finden?<

>Ja, wo die Bombe versteckt ist, dass wüsstest du wohl zu gern, halt mich nicht für so Naiv dir **das** zu erzählen, halte mich nicht für dumm, es geht hier um höhere Ziele, es geht um mehr als um uns zwei. Verabschiede dich von deinem Leben und komm zu mir...<

>Habe ich eine Wahl?...<

>Nein, die Konsequenzen einer Wahl kennst du bereits, und die Bombe... frag deinen Begleiter... er besitzt die Antwort auf das „*wo ist die Bombe*...", ihm habe ich auch noch nicht verziehen... wo du mich findest? Es ist nicht weit von dir entfernt, du findest mich in der...< die Verbindung brach zusammen...

>In der was??? Hallo???< Keine Chance, die Funkverbindung war tot..

>Das darf doch nicht wahr sein, so kurz davor... da hat man kein Glück und nun gesellt sich auch noch Pech dazu...< murmelte die Kommissarin und stieß laut die Luft aus. Die Nummer der Gerland wurde nicht übertragen, Rufnummernunterdrückung. Blieb nur noch wahllos auf der Insel rumzuirren und die Verrückte zu suchen, oder ein wenig in Kohnens Aufzeichnungen zu stöbern, die Minuten musste sie sich jetzt nehmen.

Nun schwirrte ihr eine weitere Frage im Kopf herum, sollte sie Christian informieren? Eigentlich hätte der Arsch eine Abreibung verdient, doch eine Cäsiumgespickte Bombe als Rache?

Nein, dafür war sie zu sehr Mensch... Oder?

>Immer diese Entscheidungen... Leben retten... Leben nicht retten...< Bettina fing irr an zu Lachen und schwor sich, nicht mit ihm zu sprechen.

Eine Kurznachricht, ja das wäre noch eine Möglichkeit, zu viel Infos mochte sie nicht preisgeben.

Sie schrieb...

*„Hallo du Schwein... kennst du mich oder bin ich schon aus deinem Gedächtnis verbannt? Gerland rief mich an... ich werde mich ihr stellen. Ich mache das was du hättest unternehmen sollen. Deine Pflicht wäre es gewesen **sie** zu finden. Du schlampst herum, ok... damit muss ich mich abfinden... ich soll dich grüßen von der Gerland, sie hat irgendwo eine schmutzige Bombe versteckt und mit dir möchte sie sich auch noch gern persönlich unterhalten... und wir sollen die Polizei aus dem Spiel lassen, sonst geht die Bombe früher als geplant hoch... viel Glück dabei euch zwei... und ein schönes Leben noch..."*

Jetzt verriet sie ihm doch etwas mehr als gedacht, drückte den „Senden" Button und machte sich wieder an das Entziffern des Rätsels.

>Sollte es dann wirklich so einfach sein? Der Typ war ja einfältig, unglaublich...< sprach sie laut und jubelte innerlich.

Vom Textbeginn an, die erste Zahl war ein Wort, die zweite Zahl ein Buchstabe... dann ergab das erste Wort

VERGEBT...

Das half ihr irgendwie nicht wirklich weiter, dennoch gab die Urlaubs- Kommissarin nicht auf.

Mühsam wühlte sie sich durch die Buchstabenreihen.

Erst das letzte Wort sollte sie auf die „Fährte" bringen, nicht zu fassen, welch ein Glück.

VERGEBT MIR MEINE SÜNDEN
DER BOSHEIT LETZTER AKT
FORSITESLAND BUNKER

Da stand es nun, Forsitesland Bunker... was ist Forsitesland?

„Sie sagte doch es ist nicht weit entfernt, Forsitesland... ein anderer Name für Helgoland? Dann gibt es hier einen Bunker und sie ist dort?" dachte sie überrascht und benutzte schnell eine bekannte Suchmaschine um sich etwas schlauer zu machen. Ein nicht überhörbares Signal dröhnte aus ihrem Phone, jetzt war dann auch endlich die Nachricht an ihren ex- Kollegen gesendet worden.

Warum schrieb Kohnen die Worte eigentlich als Zahlencode und so einfach verschlüsselt? Demnach mussten die zwei Wahnsinnigen bereits über das Thema Helgoland gesprochen haben. Während ihrer Flucht oder schon vorher? Gab es noch mehr Überraschungen an oder in der Bunkeranlage? Kohnen war es wichtig, es handelte sich also um ein zentrales Thema.

„Vergebt mir meine Sünden..."

Groß Reinemachen seiner Seele?

„Der Bosheit letzter Akt"

Also wurde etwas geplant und das Katharina sie von hier aus anrief hatte etwas zu bedeuten... natürlich...

Die Suchmaschine spuckte die Informationen aus, und tatsächlich, Forsitesland war ein früherer Name der Insel, und auf Helgoland gab es eine Bunkeranlage.

Der größte Teil davon war bereits verschüttet.

Etwa einige hundert Meter der Anlagen wurden für Besucher instand gehalten, auf dem Oberland.

Dort musste sie sich also zur Zeit aufhalten, so hoffte Bettina jedenfalls. Nachsehen musste sie und ihre Navi-App würde sich als Wegweiser sehr nützlich erweisen.

>Hey Gerland, ich komme zu dir, jetzt gibt es kein zurück mehr...< Bettina fingerte nach ihrer Pistole, stand auf und verließ das Hotelzimmer.

XXX

Die kleine Polizeistation befand sich am Unterland der überschaubaren Insel, nicht weit vom Hafen und dem Zollgebäude entfernt. Der Weg war beschwerlich, der gewaltige Metallkoffer in seiner Hand wurde mit jedem Schritt schwere. Ihn zu rollen wäre leichter, doch das dabei entstehen Geräusch nervte ihn mehr als die Schlepperei.

Seine französische Begleiterin war ebenfalls am Ende ihrer Kräfte angelangt, und beide waren froh als sie die Station erreichten.

Oberwachtmeister Sülbeck zeigte sich nach anfänglichem Zögern einsichtig, dass Viviane in der Nähe des Beamten blieb war jetzt die beste Lösung. Ein Kuss, ein bis gleich, ein gehauchtes au Revoir... zu viel mehr reichte die Zeit nicht.

Chris rannte beinahe den Weg zurück zum Hotel, blieb nur zum lesen der Nachricht stehen die ihn soeben erreichte.

„Hallo du Schwein... kennst du mich noch, oder bin ich schon aus deinem Gedächtnis verbannt? Gerland rief mich an... ich werde mich ihr stellen. Ich mache das was du hättest unternehmen sollen. Deine Pflicht wäre es gewesen **sie** *zu finden. Du schlampst herum, ok... damit muss ich mich abfinden... ich soll dich grüßen von der Gerland, sie hat irgendwo eine schmutzige Bombe versteckt und mit dir möchte sie sich auch noch gern persönlich unterhalten...*

und wir sollen die Polizei aus dem Spiel lassen, sonst geht die Bombe früher als geplant hoch... viel Glück dabei euch zwei... und ein schönes Leben noch..."

Der Wahnsinn bekam Methode.

Eigentlich benötigte Chris erst einmal einen Stuhl um sich zu setzen, durchzupusten, doch dafür blieb keine Zeit, er hetzte weiter um noch zu retten was zu retten war.

„Eine schmutzige Bombe..." Chris musste dringend Sülbeck warnen, doch zuerst zum Hotel. Gedanken überschlugen sich mal wieder. Den Korridor nahm der Kommissar in Rekordzeit. Bettinas Unterkunft lag in unmittelbarer Nähe seines Zimmers, auf der rechten Seite und... die Tür stand auf, nur ein Spalt, aber offen.

>Bettina...< rief er aufgeregt.

>Bist du da?< Chris sah im Bad nach, nichts.

Seine Kollegin war also bereits unterwegs um das Schicksal herauszufordern.

An ihr Telefon ging sie auch nicht, nicht eben verwunderlich.

Die schmutzige Bombe lies ihn keine Ruhe. Schmutzig war eine Bombe so oder so. Man konnte sie noch schmutziger machen, keine Frage. Bakterien, Chemikalien, oder eben ionisierende Partikel, Caesium-137 zum Beispiel.

>Mist...< fluchte Chris. Sülbeck war auch nicht zu erreichen.

Wo fand er Bettina? Wo Katharina? Beide an einem Ort? Dann fiel ihm noch etwas ein und das lies ihn endgültig an seinen Verstand zweifeln, ihn erschaudern und erbleichen.

Wie waren doch gleich Viviens Worte?
 „Vielen Dank für das zweite Geschenk…"

Carls Bericht, den rief Chris sich ins Gedächtnis… jeder der Beteiligten bekam ein Präsent. Jetzt wurde ihm schlecht. Befand sich das an Viviane adressierte „Geschenk" im Hotel oder im Koffer in der Polizeistation????
 Aber sagte sie nicht auch, „es ist ein wenig eng…" dann, so vermutete er, handelt es sich um ein Kleidungsstück, eine Bombe war damit ausgeschlossen. Oder war die Verpackung selbst die Bombe???
 >Denk nach, denk nach, denk nach…< sagte er laut zu sich selbst…
 In diesem Moment riss ihn ein Geräusch aus dem Gedankenstrom. Dieses Geknatter kannte er, es wurde sekündlich lauter und nun wurde es verdammt eng.
Chris stürmte zum Fenster, sah hinaus, und tatsächlich.
Zwei Polizeihubschrauber versuchten in Hafennähe zu landen, jedenfalls musste das die ungefähre Richtung sein.
Und nun noch einmal im Geiste die Nachricht von Bettina…

„Wir sollen die Polizei aus dem Spiel lassen, sonst geht die Bombe früher hoch..."

Chris tippte in diesem Fall auf früher...

Und er konnte nichts mehr tun.

XXX

Die Padmaschine spukte bereits den dritten heißen Kaffee in die verbeulte wohl aus dem Mittelalter stammende Blechtasse. Die braune Brühe lenkte ab, war aber nicht in der Lage sämtliche bitteren Gedanken zu vertreiben, höchstens einen bitteren Geschmack auf der Zunge zu zaubern.

Oberwachtmeister Sülbeck gab sich alle Mühe Viviane zu beruhigen, ganz schaffte er es nicht.

>Keine Sorge Madame Trussout, die Kollegen werden in den nächsten Minuten eintreffen, mit dem Hubschrauber geht es vom Festland sehr schnell. Wenn sie Landen, wird sich alles verändern. Wir finden die Frau...< so sprach Sülbeck beruhigend auf Viviane ein, starrte dabei auf den tiefen Ausschnitt ihrer Bluse mit dem wundervollen Brustansatz der einiges zu erkennen gab. Das blieb ihr natürlich nicht verborgen, so stand die hübsche Französin auf und gab vor draußen etwas Luft zu schnappen, dabei mochte sie nur der unangenehmen Situation aus dem Wege gehen.

>Monsieur, abben sie un Zigarrett? Und vielleischt auch Feuär dafür?< genau das brauchte sie jetzt, eine Zigarette. Vor drei Jahren hörte Viviane zwar damit auf, aber in dieser Situation... warum denn nicht.

>Oh, Madame, ich rauche nicht, aber der Kollege, Sekunde, ich sehe mal nach.< Sülbeck kramte im Schreibtisch herum und fand eine zerknitterte Packung Glimmstengel.

Ein zwei Stäbchen waren noch intakt und überreichte sie der Französin.

Sie bedankte sich artig und verließ die Station. Der Weg in Richtung Hafenanlage war breit und gut gepflastert.

Sie sah zwei Fischerboote die dort im Wasser dümpelten.

Kinder spielten an der Kaimauer, Eltern riefen sie zur Vorsicht und zur Ordnung. Am Himmel kreisten Möwen und Viviane entdeckte zwei schwarze Punkte die schnell größer wurden. Das mussten die Polizeihubschrauber sein von denen Sülbeck gesprochen hatte. Ein von den beiden Zigaretten steckte sie sich in den Mund und musste enttäuscht feststellen, dass sie vergaß Feuer mitzunehmen.

Das Stakkato ihrer Pumps auf den Betonsteinen wurden bald von den ankommenden Rotorgeräuschen der Hubschrauber überlagert und ein anderer Laut entstand hinter ihr. Sülbeck kam schnaufen angerannt und wedelte mit einem Gegenstand.

>Madame, ihr Feuer...< rief er völlig außer Atem.

Der Ruf des Oberwachtmeisters war gerade noch so zu vernehmen, die ankommenden Hubschrauber waren da, brachten einen Wirbelsturm mit und setzten zur Landung an.

Viviane blieb stehen, drehte sich um und schaute nach Sülbeck.

Der Knall war Ohrenbetäubend.

Die Fenster der kleinen Polizeistation explodierten förmlich, die Tür flog heraus, dass Dach wurde angehoben und zerfetzt.

Die Hitze des Feuerballs spürte Viviane nicht mehr, die Druckwelle erfasste sie und schleuderte die Französin hinein in das kalte Becken des Westhafens.

Katharina hatte gewonnen,

und das Chaos war perfekt...

XXX

Das Gespräch tat ihr gut, sooo gut.

Tränen der Freude, der Begeisterung liefen ihr über das Gesicht. Ihre rechte Hand umklammerte den Rahmen der Bunkereingangstür, in der linken hielt sie immer noch ihr Telefon und starrte auf das Display. Und das war die weniger gute Nachricht, ein paar Sekunden haben letztlich gefehlt, Katharina war es nicht vergönnt ihrer Kontrahentin ihren Aufenthaltsort zu nennen, die Energie des Akku war aufgebraucht.

Pech im Glücksrausch.

Als beruhigend empfand sie die Tatsache, dass ihre Feindin als Ermittlerin der Kriminalpolizei eine gute Spürnase besaß, oder besitzen sollte, war es nicht Voraussetzung für diesen Beruf?. Schließlich wurde sie schon einmal von der Kommissarin und ihrem Begleiter gestellt. Also hoffte Katharina auf den Instinkt der Mörderin ihres Meister um an ihr vielleicht doch noch Rache zu nehmen, bevor sie diese Welt für immer verließ.

Es half nichts, Kathi musste den Weg nach unten zum wiederholten Male antreten. Ein schwerer Gang.

Warum sie sich noch einmal umdrehte? Ein Abschied? Um der anwesenden Welt noch ein letztes mal ins Antlitz zu blicken?

Die schwarzen Punkte am Himmel sah sie erst nach dem zweiten Hinsehen, die Flecken wurden schnell größer und ein Geräusch gesellte sich dazu.

Verdammt schnell größer sogar, und trotz verschwommener Sicht ihrer tränenden Augen sah sie die strahlend weißen Buchstaben auf den Rotor bestückten Monstermaschinen.

P O L I Z E I...

Es huschte wieder ein Lächeln über ihre Lippen.

>Ich habe sie gewarnt, sie möchten nicht hören... nun gut, dann soll es eben jetzt geschehen...< flüsterte Kahti aufgeregt. Mit zitternden Fingern zog sie den kleinen schwarzen Kasten aus ihrer Jackentasche, zog mit den Zähnen an der Sendeantenne und schaltete die Fernbedienung online.

„Das Ding wird funktionieren..." an die Worte ihres Helfers Dario dachte sie für einen Moment, und auf ihn hatte sie sich bisher immer blind verlassen können.

Der Auslöser unter ihrem Daumen fühlte sich gut an.

Den drückte sie tief und ein emotionsloses >Bumm...< verließ ihren Mund.

Ein schwaches Donnergrollen war einen Herzschlag später zu hören und entlockte ihr doch noch eine winzige Emotion in Form eines verzehrten Lächelns.

Katharina Gerland machte sich auf den Weg hinab in die Unterwelt Helgolands und es war ein gewollter Abschied, ein Abschied für die Ewigkeit.

XXX

Was sollte Chris verdammt noch mal nun machen? Jeden Moment könnte eine Bombe explodieren, eine schmutzige Bombe und der Gerland war es zuzutrauen. Sie war zu allem fähig, dass wusste er.

Sein Handy war nicht zu gebrauchen, kein Empfang, zur Rezeption gehen? Zur Polizeistation laufen? Bettina suchen?

Es drehte sich alles im Kreis, zum verrückt werden. Bettinas Aufzeichnungen beziehungsweise die Aufzeichnungen des Alexander Kohnen, er sah jetzt erst das neben dem Laptop seiner Kommissarin ein beschriebenes Blatt Papier lag.

Er versuchte noch einmal Viviane zu erreichen, Sülbeck, Bettina nichts...

Mit unglaublicher Wucht krachte das Smartphone an die Wand und zerbrach in Tausend kleine Teile.

>Scheiß Technik... ich hab die Schnauze voll...< brüllte Chris wie von Sinnen.

Nach dem er einige Male tief die Luft einsog ging es besser mit dem Denken und fing an sich auf den nächsten Schritt zu konzentrieren.

Jetzt nahm er sich den beschriebenen DIN A vier Bogen vor und traute seinen Augen nicht.

„Fositesland... ja genau... erwähnte Moni nicht diesen Namen?" Chris jubelte innerlich.

Der alte Name Helgolands, demnach war Betty auf dem Weg zur Bunkeranlage?

War das der Aufenthaltsort der Gerland? Bettina wollte sie also stellen, allein...

>Zum Bunker muss ich also... und das Handy hat sich in seine Bestandteile zerlegt, nix Suchmaschine... na wunderbar...< brummelte er, strich sich mit dem Handrücken über seine geröteten Augen.

„Also zur Rezeption, hoffentlich kann der Hotelangestellte mir schnell den Weg erklären." dachte Chris und machte sich auf den Weg, doch das dumpfe Grollen der Menschen fressenden Explosion lies ihn aufs neue erstarren, taumelnd lehnte Chris sich rücklings gegen die Wand... sackte auf seine Knie, sein Gesicht vergrub er in den Händen... und flüsterte nur drei Wörter...

„Oh Gott Viviane..."

XXX

Ein weiterer Schmerzimpuls schoss durch ihren gemarterten Körper, als riss jemand ihr Herz in zwei Teile und prügelte dabei die Luft aus ihren Lungen. Der jämmerliche Schrei und das anschließende furchtbare Wimmern geisterte noch sekundenlang als trauriger Hall durch die weiten Gänge der alten Bunkeranlage. Dennoch verzogen sich ihre Gesichtsmuskeln zu einem weiteren künstlichen Lächeln, so kam sie ihrem geliebten Meister doch wieder ein Stückchen näher. Sie sah ihn deutlich vor sich, mit lockendem Finger, sein Mund bewegte sich, kein Laut drang an ihr Ohr. Das Gespenst was zu einem Gespinst mutierte verschwand wieder. Die Tränen aus ihren Augen, dass Blut aus ihrer Nase waren hingegen echt.

Am Ende der grauen Stahltreppe bog ein nicht sehr breiter, spärlich beleuchteter unendlich langer Gang nach rechts ab. Ein paar Meter schleppte sie sich dort hinein, fiel wieder hin, blieb wie tot am kalten feuchten Betonboden liegen, sog die modrige Luft keuchend ein und aus und mit flatternden Blick fixierte sie eine flüchtende Kellerassel die sich schnell aus dem Staub machte, irgendwo weiter hinten fielen im unregelmäßigen Takt ihres Herzen Wassertropfen zu Boden, Konzert des Abschieds...

Ein kreischender metallischer Laut entstand, oben am Eingang wurde die schwere Bunkertür langsam aufgezogen.

Eine flüsternde Stimme wehte zu ihr herab, kaum wahrzunehmen. Katharina stemmte sich auf, lehnte sich an die raue, grau-weiße Wand, presste ihre Arme fest um den Körper und lauschte, die Kälte spürte sie längst nicht mehr.

Ihr Haar lag wirr um ihren Kopf, dunkle Schatten klebten unter ihren Augen.

Ihre zitternde Hand tastete sich zum Pistolengriff, zwei Kugeln steckten noch im Magazin, dass musste reichen.

Vielleicht brauchte sie ja eine für sich.

Das Leben entwich langsam aus ihrem Körper, die letzten Minuten brachen an und Katharina sehnte sich nach ihrer letzten Schlacht...

XXX

Die schwere Tür aufzustemmen erwies sich als Kinderspiel. Das Metallmonster sah aus als wog es mehrere Tonnen und lies sich doch beinahe mit dem kleinen Finger auf schubsen, perfekt geölte Scharniere.

Geduckt schlich die Kommissarin außer Dienst in den Treppenraum, das gelblich- schmutzige Licht der Deckenbeleuchtung umschmeichelte ihren Körper und präsentierte ein halbwegs gut zu erkennendes Ziel. Sie atmete flach, die Luft schmeckte nach Moder und abgestandener Luft. Hier steckte die irre Mörderin also irgendwo. Nur wo genau...?
Das flimmern in ihren Augen verschwand allmählich, sie gewöhnten sich langsam an diese anstrengenden Lichtverhältnisse.

Ohne Geräusche die Treppe hinunter zu gehen war nicht von Erfolg. Die Gerland wusste also genau das sich Bettina in der Nähe befand. Der Umstand das noch nicht auf die zukünftige Privatdetektivin geschossen wurde, lies sie unachtsamer werden und so richtete Betty sich zur vollen Größe auf.
>Wenn du hier bist, dann zeig dich... zeig dich jetzt... lass es uns hier und jetzt zu Ende bringen...< rief Bettina und das Echo brach sich durch die Gänge.
„Sie muss mich gehört haben..." dachte Bettina und zog mit einer flüssigen Bewegung ihre Waffe.

>Oh, keine Sorge ich bin hier... komm du lieber zu mir und empfange deine Belohnung liebste Mörderin...< hallte es aus einem der Gänge am unteren Ende der Treppe.

Alles an Kraft nahm Katharina für diese Antwort zusammen, so etwas wie Schwäche durfte ihre Gegnerin nicht erkennen, ganz so einfach mach sie es ihr dann doch nicht.

>Mörderin? Du nennst mich eine Mörderin? Rief Bettina zurück.

>Der Wahnsinnige hat es verdient, Raphael war ein Monster und du hast deine eigene Tochter angeschossen... ist in deinem Rest von Hirn mal die Frage entstanden wie es ihr wohl geht?<

>Du Lügnerin... in meinem Arm ist sie gestorben... ich habe mich von ihr verabschiedet... sie ist Tot... und ich werde bald wieder bei ihr sein...< hustete Katharina zurück.

>Glaub was du willst oder auch nicht... jedenfalls kannst du sie jederzeit besuchen, das ist Fakt...< Am Ende der Treppe blieb die Kommissarin außer Dienst stehen, ging einen halben Schritt vor und schielte in den linken Gang.

Beide Gänge waren nicht direkt beleuchtet, jeweils eine rote Notlampe gaben so viel Licht ab das man wenigstens nicht gegen die Bunkerwände lief.

Der Knall der zwei Schüsse war Ohren zerfetzend.

Die Kugeln sausten an Bettina vorbei, schlugen irgendwo im Verputz der Betonwände ein, in ihrem rechten Ohr entstand ein hoher Pfeifton der in ein schrilles Rauschen überging. Sie wirbelte mit der Kanone im Anschlag herum, duckte sich sofort und schoss drei Mal in die Richtung aus der sie den Mündungsblitz erspähte.

Leere Metallhülsen fielen klimpernd zu Boden, der Pulverdampf verzog sich nur zäh, im halbdunkel sah Bettina eine Gestalt hocken, die in diesem Moment zur Seite fiel.

>Da bist du ja, du Biest...< flüsterte Bettina und schritt langsam auf den stöhnenden Schatten zu.
Nur noch wenige Meter, der Schatten bewegte sich und sprach mit dumpfer rauer Stimme.

>Du hast mich erwischt, gratuliere... guter Treffer, gehen kann ich jetzt wohl nicht mehr...< irgendwie hörte es sich sarkastisch an und das gequälte Gelächter anschließend, sehr ironisch.
Der Lauf der Waffe zielte immer noch auf das am Boden kauernde Häufchen Elend. Die Wut in ihr steigerte sich ins Unermessliche, am liebsten würde sie einfach abdrücken, alles beenden, so viele Menschen haben ihr Leben gelassen und der Grund dafür lag winselnd vor ihr.

>Und genau das war auch meine Absicht... ich werde dir jetzt die Handschellen zuwerfen, wärst du also bitte so freundlich?<

>Deinen arroganten Unterton kannst du dir sparen Frau Oberkommissarin Bettina Witte... wir sind alle längst tot und du jetzt ganz besonders... weißt du, Caesium hat da so eine besondere Eigenschaft, und eine ganz dumme Nebenwirkung auf menschliche Zellen... besonders wenn man es einatmet... ich wäre dann mal bereit zu gehen, bist du es auch?<

>Blödes Miststück ich werde dir...< weiter kam Bettina nicht.

Ihr laut gerufener Name hallte durch die Bunkerflure und lies die Kontrahentinnen für einen Augenblick erstarren.

XXX

Schuhsohlen trommelten über des Pflasters Köpfe, seine Lunge benötigte dringend eine Auszeit, der Bunkereingang kam in Sichtweite, jetzt musste Chris langsamer gehen um seinen Puls zu beruhigen und um nicht blind in eine Falle zu tappen.

Der Hotelangestellte tat ihm schon wieder leid. Christian ging nicht gerade sanft mit ihm um, schlug vor Wut die Stirn des pummeligen Mannes auf den Holztresen der Rezeption. Eine Anzeige wegen Körperverletzung würde ihm wohl ins Haus flattern, keine Frage, und dazu besaß der Mann auch jedes Recht. Musste es denn sein, dass dieser Herr jedes Wort so furchtbar dehnte, jede Silbe in die Länge zog? Nur weil Chris vielleicht etwas zu laut, zu forsch und mit viel zu viel Wut im Bauch den Weg zur Bunkeranlage erfragte? Seine wie aufs Zerreißen angespannten Nerven lagen völlig blank und schon war es passiert, nachdem der gute Mann ihm die Höflichkeit erwies den Weg zum Bunker zu verraten und zwar in einer Langsamkeit, dass vorbeiziehende Schnecken wie Raketen nach einem Start ausgesehen hätten. Es klatschte kurz und schon sackte der Lackaffe zusammen.

Für einen Oberkommissar natürlich nicht die feine Vorgehensweise.

So oft besuchte Chris schon die Insel, doch bis zur Bunkeranlage führte ihn sein Weg noch nie, dass rächte sich nun.

Nur kurz durchatmen, er blieb stehen, legte den Kopf in den Nacken, holte mehrmals tief Luft und wusste in der nächsten Sekunde dass er am richtigen Platz verweilte, oder war es schon viel zu spät? Für alles viel zu spät?

Zwei Schüsse... dann noch drei Schüsse, aber aus einer anderen Waffe, den Unterschied hörte er sofort heraus.

Die letzten Explosion gab demnach Bettina ab, keine Täuschung, zu oft stand Chris auf dem Schießstand neben seiner Kollegin und lauschte dem Wummern der Pistole.

Er setzte seinen Spurt fort, lief mit gezogener Waffe aber ohne Deckung in den Eingang, blieb an der Treppe nicht stehen, rannte hinunter und rief laut Bettinas Namen...

XXX

Die letzten Stufen, Christian Albrecht bog in den rechten Gang ab blieb schnaufen stehen und musste die vorgefundene Situation erst einmal verarbeiten.

Seine Ex- Kollegin zielte auf eine am Boden liegende Person, es musste sich zweifelsfrei um Katharina Gerland handeln. Zum ersten Mal hörte er die Stimme der Gerland.

>Hey, da sind wir jetzt ja alle zusammen... die große Zusammenkunft, Voltumna hab Dank, dass ich das noch miterleben darf... und noch was, falls es euch noch nicht aufgefallen sein sollte, ich blute ziemlich stark...< krächzte Kathi etwas unsanft.

>Halt dein Maul du Irre und Chris... geh weg von hier, sie hat Caesium überall verstreut, du begibst dich in unnötige Gefahr, ich habe alles unter Kontrolle, verschwinde jetzt...< befahl im Bettina mit herrischen Ton und er dachte überhaupt nicht daran zu gehen.

>Bettina... wenn ich gehe, dann nur mit dir zusammen. bitte... komm doch...<

>Zusammen meinst du... es gibt hier kein zusammen mehr... das hast du zerstört... du allein... zusammen... geh mit deiner Schlampe zusammen sonst wo hin...<

>Wenn ich mich kurz einmischen darf...< verzweifelt versuchte Kathi ihrer Stimme mehr Kraft zu verleihen und sich etwas aufzurichten.

>Hat er dich mit dieser Viviane betrogen? War mein Plan auch in dieser Richtung erfolgreich...?

Und du, Christian Albrecht, sei froh das ich deiner neuen Gespielin nicht sofort den Hals umgedreht und sie zur Hölle geschickt habe... letztendlich ist die gute Viviane ja nun doch dort angekommen... wir alle haben die Explosion gehört, oder etwa nicht? Hat sie dir vorher noch ihr Präsent gezeigt? Hat es gepasst? Dass das geklappt hat... ich werde verrückt... ach nein, ich bin es ja schon...< Katharina brach in schallendem Gelächter aus, der kurz darauf von einem blutigen Hustenanfall gestoppt wurde.

Christian ging einen Schritt auf Katharina zu.

>Wenn etwas mit ihr geschehen ist, dann Gnade dir...< Bettina fuhr ihm in die Parade.

>Haltet beide eure Schnauze... Chris, meinetwegen bleib hier und wir krepieren gemeinsam, ist mir doch scheißegal...<

>Bettina, dreh Dich um und komm zu mir. Es hat doch keinen Sinn, du kannst ihr nicht mehr helfen. Und lass dich nicht von der Irren beeinflussen, ich hab sie im Visier... glaub mir, ich würde gern abdrücken, ich hätte ein Recht dazu, wer weiß was mit Viviane ist und denk an Walter, aber lassen wir die Justiz entscheiden was Recht oder Unrecht ist. Die Behörden werden sich um die Gerland kümmern. Die Kollegen sind längst unterwegs zu uns... komm... komm jetzt zu mir... bitte...< bettelte Chris und jammerte fast dabei.

>Komm zu mir... komm zu mir... bäh bäh... du verfluchter Jammerlappen... lass die Justiz entscheiden... ja klar, die Justiz.. bis die entschieden hat sind wir alles längs bei unserem Schöpfer... lass **sie** doch entscheiden.< Katharina lachte, und musste erneut stark husten, blickte Bettina dann tief in die Augen und sprach die Wörter, die Betty zur Raserei brachten...

>Hör nicht auf ihn... diesem Schwächling... wir sind alle kleine Geister im großen Weltenspiel, erkenne den wahren Weg, du kennst deine Aufgabe... du fühlst es ganz tief im Innersten was nun zu tun ist, du hast die Kraft, du lebst es, du weißt wo dein Platz ist... dein Meister ruft... Sechzehn Bettina... denk an die Sechzehn...

...bekämpfe deine Zweifel, leg sie ab und komm zu mir... komm in meine Welt... du kennst die Worte, du darfst sie niemals vergessen... jetzt gehe ich hinein in eine andere Welt, in meine Welt...

„Das Ende ist der Anfang... ich musste sterben durch die Hand meiner Liebsten..."< Sie streckte ihre bluttriefende Hand nach Betty aus verzog ihr Gesicht zu einer wissenden grinsenden Fratze und lockte mit dem Zeigefinger.

>Woher kennst du das? Verdammt, woher kennst du Raphaels letzte Worte?...< schrie Bettina die lockende Katharina in größter Verzweiflung an.

Die Kommissarin sah sich mehrmals gehetzt um, ihr Blick streifte für eine ewig langen Zeit von einer halben Sekunde Christians Augen...

Chris meinte in ihrem letzten Blick so etwas wie eine Entschuldigung zu deuten und so schrie er im selben Moment ein gellendes, langgezogenes „NEIN" in den Raum des uralten Bunkerflurs...

Die fünf Explosionen waren abermals ohrenbetäubend. Noch mehr Pulverdampf waberte geisterhaft durch den Raum und die Stille nach den Schüssen war grauenhaft. Grauenhaft war auch das was da am Boden lag und hemmungslos zuckte. Der Todeskampf. Katharinas Blut verteilte sich schnell auf dem kalten schmutzigen Betonboden.

Eine dunkelrote Lache breitete sich in Windeseile aus. Dann zuckte nichts mehr, vorbei.

Katharina war Tod.

Bettina umklammerte immer noch ihre Pistole, drehte sich auf dem Absatz herum, rannte die Stahltreppe hinauf und lief aus der Bunkeranlage. Ungläubig sah Chris ihr hinterher, hielt sie aber nicht auf.

Der unbeschreibliche Horror ging in die nächste Runde.

XXX

Die Kommissarin rannte den schmalen Weg zu ihrer Pension entlang, als säße ihr der Gehörnte persönlich im Nacken und pflanzte grauenvolle Gedanken in Bettinas Hirn. Chris rief ihr hinter her, seine Stimme überschlug sich dabei. Sie drehte sich nicht einmal um.

Was hatte sie nur getan.

Ohne nachzudenken drückte Betty den Auslöser ihrer Pistole fünf Mal und richtete Katharina hin. Ja, es war eine Hinrichtung und es musste sein.

Dieses Drama fand nun ein Ende, hier und jetzt.

Laute Stimmen in ihrem Kopf. Es zischelte und murmelte unentwegt. Dinge wurden gesagt die sie nicht verstand, Echos aus der Zwischenwelt...

Die dicken Sohlen ihrer Schuhe wirbelten ein Stakkato auf den Betonsteinen des Weges, ihr Atmen wurde schneller und schneller, das Hotel war beinahe erreicht. Niemand begegnete ihr, es schien, als wäre sie allein auf der Welt, und so fühlte sie sich auch.

In ihrem Zimmer roch es immer noch nach Chris`s Rasierwasser. Aufblitzende Erinnerungen die sofort wieder verblassten.

>Peng...< sagte Bettina laut.

>Ich habe sie abgeknallt... einfach so...< sie lachte laut auf und fing sofort an zu weinen, sie warf sich auf ihr Bett und weinte zuckte und schluchzte in einer Tour.

„Der Tod war überall, er ist bei uns, es gibt kein Entkommen..." dachte sie und trocknete sich die Tränen mit dem Stoff des Kopfkissens.

Nach einer Weile drehte sie sich um, legte sich auf den Rücken, starrte zur Decke und ein endgültiger Gedanke durchbohrte ihr Hirn. Es war wie ein Geistesblitz in Vollendung, der Schlusssatz einer Sinfonie aus ewiges Leid und unendlicher Trauer...

Bettina entfaltete den den Brief ihres Vaters und las zum tausendsten Male die letzten Zeilen ihres geliebten Papp`s.

Meine geliebte kleine Maus...
So viele schöne Gefühle, die sich nicht in Worte fassen lassen. Dein Lächeln lässt Sterne Schmelzen... Deine Augen sind zeitlose Seelenspiegel der Liebe... Deine warme Stimme vertreibt mit jedem Wort all die bösen Gedanken der Welt... Du hast mir so viel Gutes gegeben... Du bist der Grund wofür es sich zu leben lohnt... Ich hoffe, ich konnte Dir etwas zurück geben... all die Gründe warum etwas geschieht, wir geschehenes akzeptieren müssen... Veränderungen erleben, die uns neue Impulse geben... Denk an Deine Träume... lebe Deine Träume, versuche sie zu erreichen... sei ein eigenständiger Mensch und lass Dir nichts diktieren...
Ich wache über Dich und bin immer für Dich da...
(und jetzt hol mir einen Appi...)
Ich liebe Dich...
Dein Papp

Behutsam, sanft, beinahe andächtig legte Bettina den Brief zurück auf den runden Wohnzimmertisch, mit dem Handrücken wischte sie sich ihre Tränen aus dem Gesicht und setzte den Entschluss in die Tat um. Was nun kam war einfach unumgänglich. Immer wieder summten Katharinas letzten Worte durch ihr Hirn.

„Ihr seit doch schon tot..."

Mit einem kurzen Ruck zog Bettina ihre Waffe aus dem Lederholster, legte sie neben Vaters Brief auf den Tisch ab, knöpfte ihre Bluse auf und zog sich langsam aus.

XXX

Vorbei.
Das war es.

Vorsichtig ging Chris auf die tote Katharina zu, er musste sich vergewissern ob sie wirklich tot war oder immer noch der ein oder andere Lebensfunke in ihr steckte.

Mit der Schuhspitze berührte er Katharina an der Schulter, keine Reaktion. Chris ging in die Knie, drehte mit den Fingerspitzen ihren Kopf herum und hielt eine Hand vor ihren Mund, dann zwei Finger an ihre Halsschlagader, kein Hauch, kein Zucken, nichts zu spüren.

Ihm fiel das Cäsium siedend heiß ein, nahm Gerlands Waffe schnell an sich, ging rasch zur Oberwelt hinauf, holte tief Luft und dachte kurz nach.

Die ferne Explosion, Viviane, das Cäsium, Bettina erschoss Katharina, dann lief sie wie von Wölfen gehetzt fort. Sein Handy bestand nur noch aus zerbröselten Einzelteilen, also keine Kommunikation.

Was kam als nächstes?
Was sollte er nun unternehmen?

Die Hubschrauber mussten mittlerweile gelandet sein. Er fand sie nicht am Himmel und es gab keine Rotorengeräusche mehr.

Vielleicht befand sie Viviane in guten Händen, Bettina hingegen nicht.

Sie steckte sicher voller Selbstzweifel, machte sich abgrundtiefe Vorwürfe. Die sollte er sich eigentlich machen. Seine Beichte verursachte ja das Gefühlschaos in Bettina, und in sich selbst.

>Betty wäre nie allein gegangen... nie allein, niemals allein..< wiederholte Chris leise. Das schworen sie sich gegenseitig, vor allem nach Walters Tot. Er setzte sich in Bewegung, Bettina brauchte ihn jetzt.

Die Pistole hielt Christian immer noch in den Händen als er durch das wie ausgestorbene Hotel ging.

Niemand begegnete ihm und so erreichte Chris unbehelligt das Zimmer seiner Kollegin.

Mit dem Fuß schubste er die Zimmertür nach innen, drehte sich noch einmal nach links und rechts. Kein Mensch befand sich im Flur, niemand war zu sehen, keine Laut war zu hören, Ruhe, einfach zu ruhig. Er zog vorsichtshalber seine Dienstpistole, streckte die Arme vor, seine Waffe stach in den Raum und ging voran. Linker Hand das Bad, er sah vorsichtig hinein, der Raum war sicher. Behutsam ging Christian weiter, berührte mit der linken Schulter die Wand und erstarrte...

Das Wohnzimmer war nur zu einem winzigen Teil von seiner Position aus einzusehen. Das was er sah beunruhigte ihn.

Zwei nackte Füße, die Fußnägel in dunklem Rot, es mussten Bettinas Füße sein, schlief sie? Er steckte die Waffe weg.

Noch ein Schritt vorwärts.

Zu den Füssen wurden passende Beine sichtbar.

Noch ein halber Schritt.

Ihm wurde kalt dann wieder heiß... dieser Schwindel... Dann sah er seine Kollegin und Geliebte.

Bettina saß nackt auf einem schwarzen Lederohrensessel, hielt sich ihre Dienstpistole an den Kopf und lächelte...

XXX

Diese Situation war einfach zu abstrus um sie sofort zu begreifen. Er schüttelte mit dem Kopf das seine langen Haare flogen und sprach sie vorsichtig an.

>Bettina... was tust du da... sei bitte vorsichtig... was ist mit dir? Gib mir die Waffe... bitte...< Chris musste schon zum zweiten Male an diesem Tag um eine Pistole betteln die Bettina in ihren Händen hielt.

>Nicht näher kommen... bleib da stehen. Ich weiß nun was ich machen muss... ich habe böse Dinge getan. Nichts kann ich mehr rückgängig machen. Katharina hatte recht... sie hatte sooo recht, mit allem...< Bettinas Stimme verdunkelte sich, ihre Augenlider flatterten.

Chris holte tief Luft, wollte seine Partnerin anschreien, verschluckte seine Worte aber schnell und griff zur einer vorsichtigeren Diplomatie.

>Du hast nicht versagt... du hast das Böse bekämpft und wir haben gewonnen. So sieht es aus. Sieh das Positive in deiner Handlung...< sprach er in ruhigem Ton mit ihr.

>Falsch... Katharina ist tot... ich bin jetzt das Böse... wir sind doch schon tot hat sie gesagt... ich trete ein Erbe an... oder sollte es antreten. Einen Mord habe ich bereits auf meinem Konto. Das werde ich mir nie verzeihen... niemals. Doch, ja... es war notwendig... es ist nun alles so klar, so eindeutig...< Die Kommissarin fasste die Waffe fester, hob ihren Arm etwas.

>Nein... Betty warte... du hast dir nichts vorzuwerfen... nicht... tu es bitte nicht...<

>Selbst du hast mich verlassen... warum nur... Raphael impfte meinen Geist mit dem Grauen, dem Bösen... die Sechzehn, weißt du noch... Sechzehn. Zähl im Geiste nach. Ich bin die Nummer Sechzehn. Wenn ich gehe breche ich den Bann, ich zerstöre jetzt den Kreis und alles wird wieder gut... das Leben ist doch nur ein Traum... der Tod ist der Urzustand, dort ist das Leben einfacher...<

Bettina lächelte ihn an, aus ihren feenhaften Augen strahlten Wärme und Güte... ihre Hand zitterte als sie den Lauf der Waffe gegen ihre zarte Schläfenhaut presste und drückte den Auslöser der Waffe...

Ein Urknall der Explosionen erfüllte den Raum und dieses Geräusch sollte nie wieder aus Christians Kopf verschwinden...

XXX

Kapitel 16   Das Ende ist der Anfang

04.07 Norden

Die sturmgepeitschte Brandung donnerte mit großer Wucht in die gewaltigen Wellenbrecher aus grauem Beton, die Gischt spritze Meterhoch auf und viel als schimmernder Regenvorhang zurück in die Nordsee. Weiße Möwen tanzten am Himmel und sangen kreischend sein Abschiedslied.
Der Wind erreichte Sturmstärke an diesem Tag.
Trutzburgen aus Ziegel und Beton versteckten sich hinter hohen Hecken und wuchernden Bäumen. Das gab es hier kaum. Welch Eiche hielt den tosenden Stürmen stand, welch Buche verbog ihren knorrigen Körper ohne zu zerbrechen.

Christian stand einfach nur da, stemmte sich gegen diese Windgewalten die seine Kleidung zerreißen wollten und sah lethargisch dem treiben dieses Naturschauspiels zu. Sein Kopf war leer. Tränen vermischten sich mit der feuchten, salzgeschwängerten Morgenluft die warm über sein Gesicht leckte.

Ganz Helgoland wurde schließlich geräumt und war auf Jahre hinaus verstrahlt.
Den überwiegende Teil der Inselbewohner evakuierte man nach Bremerhaven und Norden.
Würde Bettina jemals wieder erwachen?

Wie würde sie erwachen? Sich an alles erinnern? Blieb sie im ewigen Wachkoma gefangen, ohne Reaktion und erlebte die letzten Minuten dieser Geschichte immer und immer wieder?

Ein Rettungshubschrauber verbrachte seine Kollegin in das Norder Krankenhaus. Ärzte versetzten sie in ein künstliches Koma. Warum ausgerechnet hier her, dass musste Chris noch erforschen.

Vielleicht aus Platzmangel in den übrigen Krankenhäusern.

Ein gutes besaß dieser Umstand jedenfalls, Viviane wurde ebenfalls in das Norder Krankenhaus eingeliefert.

Viviane...

Chris persönlich schleppte die schmutzige Bombe zur Polizeistation. Jetzt wusste er warum der Koffer so schwer war. Auch an seinen Kollegen musste Chris denken, Oberwachtmeister Sülbeck. Er lag ebenfalls im Koma und es wird ein langer Überlebenskampf werden, das stand fest.

Die Druckwelle der Explosion schleuderte Viviane von dem schmalen Steg, direkt in die See, so lautete jedenfalls der Bericht. Ein Kollege sprang todesmutig aus dem Hubschrauber und rettete sie aus dem salzigen Ozean...

Ein geplatztes Trommelfell, Hirnerschütterung, Wasser in der Lunge, blaue Flecken und ein schwerer Schock, es dauerte sicher ein paar Tage bis sie sich erholte.

Er wischte sich mit dem Handrücken seine Verzweiflung aus dem Gesicht, es blieb bei dem Versuch.

So viele Leben wurden zerstört, so viele Seelen viel zu früh dem Himmel übergeben, ein paar von ihnen und da war er sich sicher, viele Stockwerke tiefer. Alles hatten sie versucht. Mit leeren Händen standen sie nun da. Niemals würde es wieder so sein wie vorher.

Christian schluchzte bitterlich. Es gab kein zurück, kein Zuhause mehr. Er war allein.

Die letzte Fähre startete die Rückfahrt zum Festland um kurz vor acht Uhr. Die Koffer waren längst eilig gepackt und warteten auf ihn an der kleinen Zollabfertigung des Helgoländer Hafens. Dort würden sie wohl noch lange stehen, denn seine Sachen musste er zurück lassen, wie all die anderen Menschen auch, sie waren kontaminiert und nichts von diesen Dingen durfte jemals wieder benutzt werden.

Er selbst unterzog sich noch keiner Behandlung, diese war natürlich nicht lang aufschiebbar, denn Chris spürte bereits das etwas mit ihm nicht stimmte. Er fühlte sich schwach, wie bei einer beginnenden Grippe. Kein Arzt der Welt war in der Lage ihn zu heilen, dass wusste er nur zu gut.

Das Cäsium lag in seinen Lungen, wohl eingeatmet in der Bunkeranlage auf Helgoland und tötete ihn bereits, in jeder Sekunde die verging.

Einen Schmunzler entlockte ihm der Gedanke daran, dass eigentlich jeder Mensch auf der ganzen Welt jeden Abend aufs neue einen kleinen Tod starb... jedenfalls einen gewaltfreien. Jeder Mensch schlief sanft ein... und erwachte wieder... beruhigend war das nicht.

Wie sagte Bettina immer, stopfe das Loch in deiner Seele und geh, fang den Regenbogen.

Norden hieß sein Ziel. Viviane musste noch etwas warten, sie kam ohne ihn sehr gut zurecht.

Bettina brauchte ihn jetzt und er wollte für sie da sein. Eine Chance gab es immer, Betty war stark... außerdem fühlte Chris sich verantwortlich.

Er sah hinaus in die Ferne, bis zum Horizont und viel weiter... dort fand er keine Antworten, doch die Weite beruhigte, besänftigte seinen Gedankensturm. Chris verabschiedete sich von den Wellen, den Wolken, dem weißen Sand, drehte sich um und ging seinen Weg, dieser Weg führte ihn direkt zu seiner wahren Liebe.

XXX

Das Krankenhaus war schnell erreicht. Ein Kollege setzte ihn dort ab, Chris bedankte sich, betrat zügig den Eingangsbereich und brachte die Zimmernummer seiner Kommissarin in Erfahrung. Auf dem Weg dorthin versuchte der Kommissar erneut seine Gedanken zu Ordnen.

Nicht herum diskutieren, keine zarte Diplomatie... er hätte einfach eingreifen sollen, sich auf sie stürzen, ihr die scheiß Knarre weg reißen. Hinterher wusste man immer alles besser.

Ärzte, Pfleger, Krankenschwestern begegneten ihn, es roch nach Essen und Desinfektionsmitteln.
Chris bekam die Erlaubnis für eine kurze Besuchszeit, nur benötigte die Dame noch das OK des Oberarztes. So lang konnte Chris nicht mehr warten, sollte sie den Arzt suchen so lang sie wollte, er sah sich um und ging hinein.
Ein saugendes Geräusch entstand als Christian die Tür zu Bettinas Zimmer öffnete. Vielleicht ein Unterdruck im Raum. Er ging hinein, hastig schloss er sie wieder und verkeilte die schwere Tür mit einem noch schwereren Stuhl.

Da lag sie nun, seine Bettina. Ein blütenweißer Verband zierte ihren Kopf, dünne Schläuche an ihren Armen, ein flüsternder Ton schrie im Takt ihres Herzens.

Langsam und würdevoll ging Chris auf seine Kollegin zu.

Christian Albrecht ahnte etwas von dem was auf sie zukommen sollte, aber konnte es einfach nicht glauben. Religionen... Religionen wahren für ihn nur ein Versteck... ein Lügenversteck... Wahrheiten die für des Volkes Ohren nicht bestimmt waren, versteckte man und machte ein Mystisches etwas daraus

Was waren Katharinas Worte? „Bettina... zähl im Geiste nach..." Und was sagte Bettina kurz vor dem Schuss? „Sechzehn, ich bin die Nummer Sechzehn."

Diese verfluchte Sechzehn.

Eigentlich kam es für ihn nicht in Frage Tote zu zählen. Susanne... Evelin... Gerhard... Kurt... Walter... Raphael... Alexander... Sandra... Harald... Constanze... Isabella... Carl... Anna-Lena... Katharina... Bettina?

Fünfzehn... seine Bettina hatte Unrecht.

Christian begrub sein Gesicht in den Handflächen. Sah entschlossen auf, zog seine Strickjacke aus, streckte sich und sprach laut.

>Betty... du hattest wirklich Unrecht... du warst die Nummer fünfzehn... jetzt bin **ich** die Nummer Sechzehn...< jetzt war es raus und Chris wusste plötzlich was er zu tun hatte. Jetzt war es an ihm diesen Irrsinn zu beenden.

Religion? Aberglaube?

Er konnte es nicht rational erklären, niemand konnte das. Sanft streichelten seine Fingerkuppen über Bettinas blasse Wange.

Seine Lippen fanden ihre Lippen sie waren rau, spröde und ein letzter Kuss besiegelte die Bestimmung zweier Menschen.

>Bald habe ich dich wieder...< flüsterte er sanft und leise, als mochte er sie nicht wecken.

Jungfräuliches Sonnenlicht fraß sich durch träge graue Wolken, brach sie auf und ergoss sich durch große Scheiben in das ereignisträchtige Krankenzimmer. Das Krankenbett war nun hell erleuchtet, und die schwere Zimmertür zerbrach unter der Wut der rohen Gewalt. Die Eindringlinge in weißen Kitteln strömten hinein, blieben stehen und hielten inne.

Der Fluss der Zeit erstarb...

Was sie sahen war brutal und doch auf eine merkwürdige Art und Weise wunderschön.

Die Frauen und Männer blieben stehen, hielten respektvoll den Atem an.

Sie erblickten zwei entspannt lächelnd daliegende Menschen.

Vier blaue Augen, gebrochenes Eis, sie blickten sich an... Tausend Jahre in ewiger Liebe vereint, nun vom Schicksal gezeichnet.

Ein dunkelrot umrahmtes Gemälde erstrahlte im grellen Sommerlicht.

Und das Grauen starb im Morgenglanz...

XXX

Ende

Epilog:

Lautes aufgeregtes Gemurmel im beengten Raum, ein leichtes Vibrieren übertrug sich von der Sitzlehne auf ihren Unterarm. Die Triebwerke liefen also bereits, der Start würde in den nächsten Minuten erfolgen.

Ein älterer grauhaariger Herr setzte sich auf den noch freien Platz neben ihrem, entledigte sich seiner Jacke stieß sie dabei etwas unsanft an und er entschuldigte sich sofort bei ihr.

>Scusi Senjorina... dasse ware niichte meine Absicht...<

>Schon gut, schon gut...< flüsterte sie genervt zurück.

Sein aufdringliches Aftershave kitzelte in ihrer Nase.

>Sinde si Französin? Mein Name ist Alessandro, Alessandro Pitossi... Fliege si auch nach Norditalia?< war sein nächster Versuch sie in ein Gespräch zu verwickeln.

>Mais non, isch fliegä ätwas weitär Messieurs. Mon Cible, mein Ziel ist das Städchen Orvieto, ich suchä das Vanum där Etruskär, sechzähn immelsfäldär... bon, sie wissän schon, es fängt immär alles bei Nüll an... das ist meinä Aufgabä, und je m`appelle, mein Namä ist Viviane...

Viviane Trussout...

XXX

263

Der Goiânia-Unfall in Brasilien

Das faszinierend blau leuchtende Caesium 137 führte 1987 in Goiânia/Brasilien zu einem ernsten Atomunfall!

Der **Goiânia-Unfall** ereignete sich 1987, als in der brasilianischen Stadt Goiânia radioaktives Material gestohlen und von den Dieben unter Freunden und Bekannten verteilt wurde. Als Folge starben vier Personen. Teile der Stadt sind bis heute radioaktiv belastet. Der Unfall wurde auf der Internationalen Bewertungsskala für nukleare Ereignisse (INES) mit Stufe 5 eingestuft. als ein ernster Unfall mit einer begrenzten Freisetzung von einigen 100 bis einigen 1.000 TBq. Beim **Goiânia-Unfall** entwichen ca. 44 TBq an Aktivität.

Goiânia ist die Hauptstadt des brasilianischen Bundesstaates Goiás. Sie liegt in Zentralbrasilien auf einer Hochebene etwa 750 Meter über dem Meeresspiegel. Sie hat etwa 1,3 Millionen Einwohner, das Gemeindegebiet umfasst etwa 750 Quadratkilometer. Die Entfernung zur Hauptstadt Brasília beträgt etwa 200 Kilometer, zum Wirtschaftszentrum São Paulo sind es 950 Kilometer.

Der Ablauf des Unfalls: Was war passiert:

Zwei Diebe drangen am 13. September 1987 in das Goiânische Institut für Radiotherapie, eine verlassene Klinik in Goiânia, ein und entwendeten dort mit einer Schubkarre ein seit zwei Jahren ausgedientes Strahlentherapiegerät, weil sie das Metall für wertvoll hielten. Sie öffneten das Gerät teilweise in einem Hinterhof und erlitten Verbrennungen durch Betastrahlen. Da sie nicht in der Lage waren, das Gerät weiter auseinanderzubauen, verkauften sie es an einen Schrotthändler, um aus dem Altmetall Profit zu schlagen.

Beim Zerlegen des Geräts öffnete dieser den Bleibehälter mit dem radioaktiven Caesium-137, sodass dieses aus dem Gerät entweichen konnte. Das in der Dunkelheit blau leuchtende Pulver, das normalem Kochsalz stark ähnelt, faszinierte den Schrotthändler, sodass er es mit nach Hause nahm und es an Familienmitglieder und Bekannte weitergab. Der Schrotthändler wollte seiner Frau aus dem blau leuchtenden Material einen Armreif fertigen. Da das Salz die Luftfeuchtigkeit anzieht, haftet es leicht an Körper und Kleidung und vereinfacht die Verbreitung.

Die Ehefrau des Schrotthändlers bemerkte die gleichzeitige Erkrankung vieler Freunde zuerst, führte sie aber auf ein gemeinsames Getränk zurück.

Viele Betroffene gingen zuerst zu Apotheken, dann zu Hausärzten und zuletzt in Krankenhäuser. Die konsultierten Ärzte hielten die Symptome jedoch für eine neuartige Krankheit.

Am 28. September verdächtigte die Frau des Schrotthändlers erstmals den Behälter als Ursache der Krankheiten und brachte ihn in ein Krankenhaus. Der dortige Arzt vermutete korrekterweise Radioaktivität und brachte den Behälter außerhalb des Krankenhauses, und deponierte ihn auf einen Stuhl im Garten. Die Frau hatte den Behälter (aus dem bereits 90% der radioaktiven Substanz entwichen waren) in einer Plastiktüte im Bus transportiert und ihn auch im Krankenhaus nicht geöffnet, was vielen Menschen das Leben rettete. Auch die Strahlendosis im Bus war nicht gesundheits- gefährdend.

Ein Tag später wurde durch Spezialisten mittels eines Szintillationszählers der nationalen Atomenergiebehörde die Kontamination festgestellt. Das behördliche Notfallprogramm setzte ab diesem Zeitpunkt ein.

Die Regierung wurde später jedoch beschuldigt, eine Zeit lang den Unfall vertuscht und der Zivilbevölkerung alarmierende Daten vorenthalten zu haben.

Mittlerweile waren bereits zahlreiche Personen zum Teil hohen Strahlendosen ausgesetzt.

Vier Menschen starben an den Folgen dieser Bestrahlung, 28 erlitten strahlungsbedingte Hautverbrennungen.

In den darauf folgenden Tagen wurden an allen Einwohnern und deren Umgebung Kontaminationsmessungen durchgeführt. 112.800 Personen wurden untersucht, 249 wurden als kontaminiert identifiziert. Es zeigte sich, dass das radioaktive Material über mehrere Wohnbezirke verschleppt worden war, ganze Straßenzüge und Plätze waren betroffen. Evakuierte Personen wurden in das Olympiastadion der Stadt gebracht, wo ein provisorisches Zeltlager aufgebaut wurde.

Insgesamt waren 85 Häuser kontaminiert. Über 200 Menschen mussten aus 41 massiv kontaminierten Häusern evakuiert werden. Zur Dekontamination mussten sieben Gebäude vollständig abgerissen werden. In den Gärten und in öffentlichen Parkanlagen musste teilweise die oberste Erdschicht abgetragen werden.

Verletzungen und Tote unter den Beteiligten

- Die 6-jährige Nichte des Schrotthändlers starb am 23. Oktober. Der Bruder des Schrotthändlers hatte den Behälter gereinigt, wobei Staub auf den Boden fiel, von dem sie später aß. Sie wurde in einem bleiernen Sarg mit Zementmantel begraben. Nach anderer Darstellung erhielt sie von ihrem Vater radioaktive Substanz, womit sie sich einrieb und später, ohne sich die Hände zu waschen, aß.

- Die Frau des Schrotthändlers Strahlendosis: 5,4 Gray starb ebenfalls am 23. Oktober.

- Zwei der Gehilfen des Schrotthändlers starben wenige Tage später ebenfalls an den Folgen der Bestrahlung (4,5 und 5,3 Gray)

- Der Schrotthändler selbst erlitt eine Strahlendosis in Höhe von 7,0 Gray, überlebte jedoch. Er machte sich über die Situation lustig, forderte Geld für Fotografien und Interviews und führte sein Überleben auf seinen starken Bier- und Schnapskonsum zurück. Später heiratete er erneut. Er starb 1994.

- Der Bruder des Schrotthändlers malte sich ein blau leuchtendes Kreuz auf sein Hemd. Er verschleppte die Kontamination auf seinen Bauernhof, wo mehrere Tiere starben.

- Auch er starb einige Jahre später.
- Einer der beiden Diebe verlor seinen Arm durch Amputation aufgrund der Bestrahlung.

Schaden für die Stadt:

Trotz des gewaltigen Aufwands, der für die Dekontamination betrieben wurde, werden auch heute noch in einigen der damals betroffenen Straßenzüge und Plätze erhöhte Strahlendosiswerte gemessen. Der Unfall hatte daher für die Stadt und Region Goiânia auch wirtschaftlich gravierende Folgen.

- 85 kontaminierte Häuser, davon 41 evakuiert und 7 abgerissen
- 112.800 Personen wurden untersucht, 249 davon waren kontaminiert, 49 wurden interniert, 21 intensiv, davon vier Todesfälle (siehe oben).
- Insgesamt 13,4 Tonnen Atomabfall, 3.500 Kubikmeter, wurden in Fässer verpackt und schließlich einige Jahre später in ein betoniertes "Endlager" vergraben, das ganz im George Orwellschen Stil Landesnaturschutzgebiet "Parque Estadual Telma Ortegal" genannt wurde.

- Der insgesamt 150 Hektar große 1995 gegründete "Naturpark" besteht offiziell aus einer Naturschutzzone von nur 4,99 Hektar. Der erheblich größere Rest ist faktisch Atommülldeponie. Die 14 Containern müssen mindestens für 180 Jahre sicher gelagert werden

- Sämtlicher Inhalt der abgerissenen Häuser wurde auf Kontamination untersucht und bei bestätigter Kontamination (und großem persönlichem Wert) gereinigt und zurückgegeben, um den psychologischen Schaden zu verringern.
- Sämtliche kontaminierte Häuser wurden mit speziellen Staubsaugern gereinigt. Dächer, Wände und Decken wurden abgekratzt und neu gestrichen, zwei Dächer mussten komplett ersetzt werden.

Philosophische Betrachtungsweisen des Lebens...

War es töricht oder doch mutig, die Liebe mit einer immer dünner werdenden Eisschicht zu vergleichen? Wäre es nicht besser, dass genaue Gegenteil zu benennen? Nehmen wir einen Fluss aus glühender Lava. Die Liebe floss, sie pulsierte zwischen zwei brennenden Herzen... während das zähflüssige Gestein uns am Boden hielt, gemeinsam Gefühle immer wieder erleben ließ. Doch erkaltete langsam die Herzensglut, so bekamen wir nur die Fähigkeit, uns wieder schneller zu bewegen, auf ausgetretenen erstarrten Wegen, uns von einander fort zu bewegen.

Abenteuer, neues erleben, schaffen wir uns einen eigenen Vulkan... einen Schmelztiegel der Leidenschaft der die Liebe immer wieder neu erschafft.

Reden wir von der Seele, so meinen wir die Liebe in unseren Herzen. Losgelöst von allem Messbaren, war sie die größte Kraft im Universum. Nicht die Gravitation, nicht eine Art Antimaterie, nein... die Liebe war es, sie schuf das Universum oder ein Multiversum... die Liebe war kaum zu verstehen, nicht zu begreifen aber stets präsent, jedenfalls für die meisten von uns.

Oder betrachten wir es etwas anders...

War es nicht eventuell entgegen den Behauptungen Stephen Hawkings, die Zeit hätte vor dem Urknall nicht existiert, so war es vermutlich die Zeit selbst die den Urknall auslöste? In einem schwarzen Loch, so sagen weitere berühmte Wissenschaftler, würde die Zeit still stehen, würde die Zeit nicht existieren.

Doch was passierte, wenn die Zeit doch präsent wäre, nur eben im unendlich langsamen Fluss? Für unsere Wahrnehmungsfähigkeit oder unser Denkvermögen stand sie vielleicht still, für ein anderes Wesen jedoch, raste die Zeit in einem schwarzen Loch nur so dahin.

Ja, so entzog ein schwarzes Loch dem umgehenden Universum Masse, im Kern des Lochs dem Ereignishorizont, verlangsamte sich die Zeit auf kaum Messbare Werte.

Nach Millionen von Jahren des Sammelns und des Komprimierens, auch des Komprimierens der Zeit, gab es vielleicht einen kleinen Zeitimpuls, ein aufflackern, ein Zucken im temporären Geflecht und es auf der anderen Seite zu einem Urknall kam? Sollte das die Erklärung sein? Die Erklärung für alles? So einfach?

Für alles Positive gab es das Negative. Gegebenenfalls auch in der Zeit? Eine Negativzeit? Wiederholte sich das Universum immer und immer wieder? Eine Zeitschleife?

Oder gab es doch ein höheres Wesen was die Zeit anschob? Vielleicht die bisher kaum zu verstehen und zu beschreibende schwarze Materie? Warum war eigentlich alles schwarz was wir nicht beschreiben konnten? (das nur am Rande...)

Waren dann nicht Gott und die Zeit, ein und die selbe Person?

Ja waren denn nicht unsere Träume das wahre Universum? Wenn die Seele unseren Körper verließ, verfing sie sich dann in einem Traum eines unserer Mitmenschen? Oder gar in einem Traum eines anderen Bewohners dieses Planeten? Lebten wir also in diesem Traum weiter? Jeder Traum ein Paralleluniversum?

Nur, wem war es vergönnt den ersten Traum zu Träumen?

Sagte man nicht, Religionen wurden erfunden um nicht erklärbare Phänomene erklärlicher zu gestalten? So war die Liebe das erste erklärbare Phänomen der neuen Welt...

Und wie verhält es sich mit der Natur?

War denn die Natur intelligent? Die Natur sagte doch... nur das Endprodukt zählte, koste es was es wolle... rein Betriebswirtschaftlich eine totale Verschwendung.

Die Evolution brachte es voran. Die Gesamtheit eines Ganzen, oder Individuen zählen nicht, nicht das Einzelne und kein Gefühl.

Eben wie in einer Kapital geprägten Demokratie, hier zählte der Profit, nicht die Gesundheit oder das Leben des Einzelnen.
Wurde dem Menschen hier nicht mehr Intelligenz gegeben?

Musste nicht jeder einzelne von uns die Möglichkeit finden und das noch zu Lebzeiten, in Friede und Würde zu leben? Warum brauchte es hunderte von Jahren um die Menschenwürde als oberste Priorität anzuerkennen?

Die Natur war von „Natur" aus brutal... dennoch erhielten wir von ihr Vorgaben um sie zu verbessern, lebenswerter zu gestalten. Ja, nicht alles was die Natur vorgab, war das fertige Endprodukt der Evolution, es war nur ein Zwischenprodukt, eine Momentaufnahme der Gegenwart.

Vielleicht sollte der Mensch entstehen um genau diese Fragen zu stellen und zu sehen, wie wundervoll das Universum in seiner Gesamtheit ist. So musste doch das Universum selbst intelligent sein, eine Lebensform, denn nur wer sich seiner Selbst bewusst war, der schuf sich „Bestauner", die ihm sagten wie schön es doch war. Möglicherweise werden wir eines Tages feststellen, dass das Universum leichter zu verstehen war als die menschliche Natur...

Der Mensch stirbt, verschwenden wir also nicht unsere Zeit um uns zu bekriegen. Die wenigen Augenblicke die uns bleiben, um die Schönheit und Vollkommenheit des Universums zu betrachten, müssen wir auskosten, betrachten, mit den unbekümmerten, wachen Augen unserer fantastischen, geliebten Kinder...

„Darin liegt die höchste Weisheit,
das ihr Weise werdet durch die lebendigste Liebe.
Alles Wissen aber ist ohne die Liebe nichts nütze. Darum
bekümmert euch nicht so sehr um ein vieles Wissen, sondern
das ihr viel liebet, so wird euch die Liebe geben, was euch kein
Wissen je geben kann...“

Jakob Lorber

Quellenangaben:

<u>Seite 39</u>: Das Kartell der Federal Reserve, von Dean Hernderson.

<u>Seite 53</u>: Zitat von Herbert Grönemeyer

<u>Seite 61</u>: Tolkiens Herr der Ringe

<u>Seite 67</u>: Jakob Lorber österreichischer Musiker und christlicher Mystiker, Schriftsteller 1800- 1864

<u>Seite 88</u>: Dieter Nuhr, deutscher Komödien

<u>Seite 88</u>: Sarah Wagenknecht, vorsitzende der Linkspartei

<u>Seite 148</u>: Ludwig Bechstein, Deutsches Sagenbuch, Leibzig 1853

<u>Seite 271</u>: Stephen William Hawking, Professor für Theoretische Physik

Liebe Bella,
danke das Du mich in diesen Zeiten begleitest...
kein Leben mehr ohne Dich...
fünfzehn Jahre früher,
und denk an Renesmee...

Für immer...

          und ewig....